GOBOOKS & SITAK GROUP©

GOBOOKS & SITAK GROUP©

三日月書版

三日月書版

Author 馥閒庭
Illust. Cola Chen
地府犯罪調查中心
3
Final case 殤

楊雅晴

年齡：21歲
興趣：烹飪、跆拳道
職稱：實習生

盛師大學三年級。
個性溫和知性、會為他人著想。
小時候曾經發過高燒，之後遺失部分的記憶。能看到鬼魂，誤打誤撞進入地府犯罪調查中心當實習生。

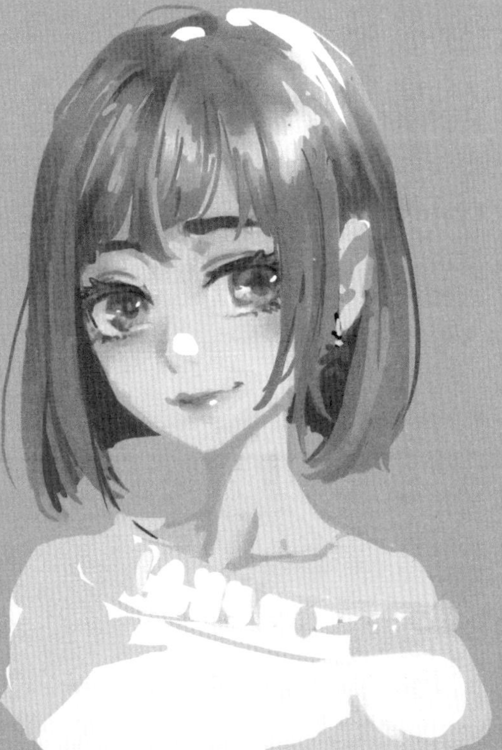

Underworld Criminal Investigation Bureau

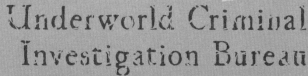

Underworld Criminal
Investigation Bureau

林羽田

年齡：21歲
興趣：未知
職稱：搜查官

出生於捉鬼世家。
個性冰冷、氣質神祕。
武器為黑弓、咒術，為了彌補過往的某個過錯，
被派至地府犯罪調查中心任職贖罪。

本集登場人物

地府犯罪調查中心

林羽田
地府犯罪調查中心搜查官。

楊雅晴
盛師大學四年級生，地府犯罪調查中心職員。

特林沙
地府犯罪調查中心負責人，真實身分為閻魔。

愛妮莎
地府犯罪調查中心職員，饕餮幼兒？

Pink
地府犯罪調查中心職員，青丘狐妖。

多恩
地府犯罪調查中心驗屍官，報喪女妖的後代。

其他相關人物

林羽炎
林羽田的親哥哥，林家的家主。

白菱綺
代表政府管理超自然現象的白家代表者，與林羽田認識並對她懷有好感。

孟露嫻
國中生，致力於成為網紅的女孩子。

目錄

Underworld Criminal Investigation Bureau

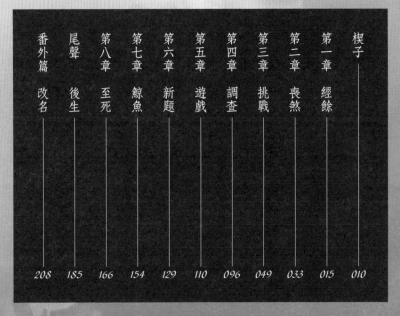

楔子

供奉。

這兩個字在她的腦海中閃過，楊雅晴坐起身，身體熟練地動起來，走出一個房間，來到一個靈堂裡。

旁邊有張桌子，桌子的透明桌墊下壓著幾張紙。

桌子旁邊的小抽屜裡有一份工作合約。

合約上，工作日期的部分已經模糊到辨識不清，但她隱約知道日期還沒到。

她站在一戶人家門前，眼前是典型臺灣風格的房屋，一樓門口空出了停車的空間。

她面對著用這個空間改成的靈堂，右邊是家屬摺蓮花的長桌，左邊到中間擺著靈桌跟遺照。

詭異的是，放著遺照的相框裡沒有任何人的照片。

空白的相框上已經別好黑色的禮花，就像是精心布置的舞臺，卻沒有主角。

甚至有一個可怕的想法閃過——那遺照的主角會不會是自己？

這種想法讓人毛骨悚然，但隨著時間過去，害怕慢慢退去，好奇浮上心頭。

死者到底是誰？

楊雅晴有點疑問，她走到旁邊的長桌前，上面有空白的簽名簿、瓶裝水跟毛巾，甚至有些廣告傳單跟名片，但是上面的文字都模糊不清，像是刻意不讓人看清。

她再走到靈堂前，遺照前面的牌位文字也一樣模糊，像是有人想把死者的存在抹除。

她坐在桌子旁，注意到桌面上有個透明塑膠桌墊，下面夾著一張工作須知。

『喪葬禮儀須知

工作人員必須抱持謙卑的心情，幫助家屬順利進行儀式。

請記得最傷心的是家屬，我們務必要讓儀式順利進行。

以下幾點事項請遵守，值班人員務必注意是否確實遵守，違者將扣點處罰。

一、茶水要每天更換。

二、水果要每天更換。

三、靈桌要整理乾淨，用小刷子把香灰掃掉。

四、每天要協助家屬捧飯，不然會導致虛弱。（虛弱兩字被用藍筆畫掉）

五、紅色＝飯、白色＝菜、綠色＝肉。

六、花朵是單數的。

七、打掃香灰時，不要管香灰中出現的字。

八、不能說再見、掰掰、明天見、下次見。

九、不要管死者是誰，不要追究。（旁邊有模糊的字，寫著「照片不是鏡子」）

十、值班時間是早上六點至下午五點，請不要超過時間。
十一、如果來弔唁的人眼淚是紅色的，請撥打紙上的電話連絡公司；如果來弔唁的人眼淚是藍色或透明的，不需要在意。
十二、中午師父會過來唸經。
十三、太陽是黃色的，會在白天出來，照到有暖熱感。
十四、月亮是白銀色的，會在黑夜出來，通常看不到。
十五、時間請依牆上的鐘爲準，即使覺得時間快轉也要遵守。
十六、不要相信任何人說的任何事。
十七、不要打開棺材，也不要躺進去。
十八、非值班時間請休息，即使離開也不要超過靈堂的範圍。
十九、如果有任何不對勁的地方，請撕下右下角的圖案握住，然後快速離開。
二十、來弔唁的是人類，有五官、手指有五根，通常有頭髮跟眉毛。
二十一、這是傷心的場合，如果對方發出笑聲立刻請對方離開。
二十二、來參加喪禮的人要穿深色衣服。（有人寫上「黑色最好」）
二十三、可以哭，不可以笑。
二十四、不能接送任何賓客。』

「哇！這個須知真的只有『一點點』耶！」楊雅晴自嘲。

但她還是照著規定去做。

只是這些規定中，某幾條充滿詭異。例如捧飯，她去準備的不是真的飯菜，而是靈堂後面有三個容器裝著三種顏色的積木，分別是紅色、白色、綠色。

她要把積木放到餐盤上，然後放上靈桌，供奉給那張空白的遺照。

這裡到處都貼滿了便條紙，例如她把餐盤端到桌上後，會出現便條紙，上面的字提醒她要把餐盤轉向死者。

楊雅晴看著空白的遺照，一開始她醒來時，說不害怕是騙人的。

當時她身上穿著寫著葬儀社名字的套裝，衣著整齊地醒來，旁邊還有一個大棺材。慌張地翻過每一個角落，甚至有一度不知道自己是誰，不確定自己是不是叫做楊雅晴。

她發現桌上有支手機，不知道是誰的，能打開，但手機裡什麼內容都沒有，沒有網路、照片。

而且這支手機一旦時間到了，就會自動發出響聲，直到她按照注意事項做事，響聲才會休止。

頭一天她還做得亂七八糟，但第二天她漸漸上手了。

隨著時間的推移，她在靈堂做事越來越熟練，目前也還沒有任何人來弔唁。

就在楊雅晴拿著手機試圖撥打電話時，遠處傳來腳步聲。

她抬頭一看，發現是來弔唁的人。

此時她眼前出現一行文字。

『是否存檔？』

『是。』『否。』

第一章　經餘

時間回溯——

楊雅晴跟林羽田從醫院回來後，因為地震的關係，兩人被緊急叫回地府調查中心。

放下雨傘來到調查中心的會議室，除了原本的同事之外還有兩派人馬，一派是代表政府管理超自然現象的白家，代表人是白菱綺。

她是一個跟林羽田差不多高的女生，穿著白色的洋裝，面貌秀麗，眼神卻散發出一種凌厲的感覺，不客氣地掃視打量其他人。

另一派人馬的代表則相貌俊秀，帶著優雅的淺笑，但是從氣質上來看，也絕對不是好惹的人。他是林家的家主林羽炎，也是林羽田的哥哥。

經過特林沙的介紹後，所有人進入會議室。

地震還在持續，多恩面帶疲憊地說：「目前臺灣各地都有不明原因的地震。」

「找不到原因嗎？」

林羽田的詢問換來愛妮莎的回答。

「板塊並沒有任何移動，地層也沒有任何改變，這不是自然現象引起的。」愛妮莎看著自己的電腦螢幕說。

「會不會是伊瑪哈惑的魔法？」林羽田又道，「當時她似乎想要施法獻祭高文樹。」

「那個被我打斷了，應該沒有成功執行。」Pink說。

當時他的狐火打在被附身的林羽田身上，導致她跟楊雅晴掉到海中，也中斷了對方的法術，後續他也沒有感應到任何法術的波動。

「伊瑪哈惑有到醫院收走蔡羅慈的生命，但之後就沒辦法追蹤了。」多恩看著報告說。

「我用儀器掃過，伊瑪哈惑並沒有出現在其他地方。」愛妮莎說：「所以地震不是伊瑪哈惑引起的。」

白菱綺問：「據我們記錄到的影像，小田當時掉入海中，那個地方比較『薄』一點，或許是撞到了什麼，導致魔氣滲漏出來？」

她知道海裡有個結界，至於結界隔絕的東西當然是絕對的機密。

討論時，白菱綺表現得很穩重，不像剛見面時那樣開玩笑地喊林羽田的綽號，但楊雅晴還是注意到她語氣中對林羽田的親暱，只能強迫自己以工作的事情優先。

或許白菱綺提到的未婚妻，只是玩笑話吧？

「魔氣是另一個世界的東西，即使滲漏到這個世界，也不至於會引發地震吧？」多恩不解地問。

「地震的原因我們也還在調查，另外還有一件事。」林羽炎眼神銳利地看著林羽田，「我們發現了一些奇怪的案件，需要貴中心幫忙調查。」

所有人都討論得很熱烈，唯獨楊雅晴仍一臉茫然。

剛才那位白小姐說的「薄」是指什麼意思？他們還提到魔氣？難道有滅世大魔王要出來了？

但那些人並沒有放慢討論，林羽田看起來也很進入狀況。

中間休息時，楊雅晴拉著林羽田去旁邊低聲問：

「羽田，他們說的『薄』是什麼意思？」

實際上楊雅晴有點自卑，因為她都不知道那些事情。

「這個世界不是只有人類，靈界、神界都在這其中。」林羽田輕聲解釋：「當然還有一些平行的世界，大部分都靠著結界隔絕，但結界會隨著時間減弱，所以才會說那邊的結界比較薄。」

楊雅晴遲疑地問：「所以白小姐說的魔……就是引起地震的原因嗎？」

「目前還不能確定，如果是魔界，妳千萬不要招惹他們。」林羽田拉住楊雅晴的手叮嚀：「他們跟那些動漫裡的角色不同，不能相信他們。」

真實的惡魔不像動漫的角色，那些帥氣、美好、黑翼的形象都是假的，更不會沉溺於愛情這種東西。

他們甚至缺乏情感的共鳴，實際上他們更像反社會的人格者，非常清楚自己吸引人的魅力，但他們自身不會沉溺於其中。

楊雅晴想輕拍林羽田的肩，但林羽田將她的手緊緊拉住，雙眼緊盯著她，似乎不給她一個承諾就不肯罷休。

「羽田，我答應妳，不會相信他們。」楊雅晴輕聲說：「因為我相信妳。」

「真的喔！妳只能相信我。」林羽田少見地要她保證。
楊雅晴點頭正想要承諾時，白菱綺打斷了她：
「找到妳們了！快點回來，要繼續開會了。」
楊雅晴看著林羽田被她拖遠的樣子，莫名感覺面前有點空蕩。
「我不可以太依賴她。」楊雅晴低聲提醒自己。
此時的她站在陰影中，伴隨著地震，顯得陰沉可怕。
——既然我想要留在地府調查中心，那就要快點成長！

※

在眾人休息離開時，愛妮莎坐在會議室裡看著電腦。
螢幕上有許多開會的資料，包含天氣預測的圖表等等，她開了很多視窗展示零碎的資料。
但唯獨有一個小網頁，她不記得自己有開。
這個網頁是突然出現在桌面的，突兀地出現在她的桌面右下角，像是有人透過網路對她送來的邀請。
網頁上有一個奇特的符文，隱約可以看出是一個篆體的字，一時間卻分辨不出是什麼字。
愛妮莎有種感覺，這不是一般的網頁。
那個符文開始閃動，像在催促她移動滑鼠去點擊。

她看了一眼在會議室門口說話的 Pink 跟多恩。

這些同事都沒察覺到異狀，那這網頁應該沒危險吧？最多就是電腦中毒？

她一邊想一邊移動滑鼠，點下網頁上的符文。

這時，會議室外的電燈燈管發出奇特的聲音，閃爍幾次後暗了下來。

白菱綺拖著林羽田的腳步停住，追上來的楊雅晴也抬頭看向頭上的燈管，電燈似乎因為電力不穩，暗下來了。

白菱綺不解地問：「停電了？」

黑暗中，她下意識地想拉住林羽田，但林羽田掙脫白菱綺的手。

眼前陷入一片黑暗時，林羽田沒有多想，馬上往楊雅晴的位置靠近，只想要保護楊雅晴不遭受到危險。

她伸手握住楊雅晴的手，感覺到楊雅晴就在自己身邊。

兩人的呼吸都有點急促，但是觸碰到對方的手時，氣息因為安心而緩和了許多。

「沒有緊急電源嗎？」林羽炎的聲音從走廊的另一邊出現。

很快，頭頂又亮起燈光。

「緊急電源啟動了。」

看到四周的緊急照明燈亮起，多恩轉頭看向走廊，看到楊雅晴跟林羽田牽著手，而林羽炎也注意到這一幕。

楊雅晴意識到燈光後，立刻放開了手；林羽田看似面無表情，但她的眼裡閃過一抹情緒，看向楊雅晴。

林羽炎把兩人的互動盡收眼底，沒有講話，只轉身踏進會議室。

「那我們繼續開會吧！」特林沙宣布。

大家都進入會議室，卻發現控制投影機的位置空著。

林羽炎身後有兩個林家的子弟，白菱綺身後也跟著兩個穿著西裝的人，加上調查中心的所有職員，會議室裡的眾人都入座後，空著的位置特別顯眼。

「愛妮莎呢？」Pink皺起眉在周圍尋找。

多恩望向會議室門口，問：「愛妮莎？有人看到她嗎？」

跟她對到視線的人都搖頭，沒有人看到那個小女孩的身影。

特林沙站起來，對著那個空位喊了一聲：「**愛妮莎！**」

所有人都停下動作看著特林沙，但空著的位置依舊沒人出現。

「愛妮莎會不會去廁所了？」楊雅晴看向會議室門口。

「還是去拿東西吃了？」Pink看著桌上那堆還沒吃完的零食，自己都覺得這個可能性很低。

「我沒有看到那個小女生出去。」林羽炎的位置靠近門邊，誰進誰出，他多少都有注意。

林羽田則否定眾人的猜測，「她的存在感這麼強，但現在感受不到了。」

愛妮莎從來不會刻意隱藏自己的存在。

「所以愛妮莎不見了？」楊雅晴不可思議地說。

這個想法在所有人的腦海中生根。

多恩、**Pink**、林羽田都緊盯著那個空位，讓楊雅晴也感到非常不安。同事們的臉色都非常不好看。

楊雅晴：「如果愛妮莎沒有離開過會議室，那等於是憑空消失的？」

這樣也太詭異了！

特林沙皺起眉默念咒語，卻沒有召喚出愛妮莎。

「她沒有消失，只是連我也追查不到她的蹤跡。」

她與愛妮莎之間有法術的連結，可以互相感知。

「連BOSS都感知不到愛妮莎的話，會是誰把她從調查中心帶出去的？」**Pink**思考著有可能的對象。

多恩欲言又止地咬了一下嘴唇，有些不安地看著特林沙跟那個空位，伸手摸了一下後頸。

「我去外面找。」林羽田想起身，卻被林羽炎阻止。

白菱綺也收起玩笑的模樣問：「有沒有可能是她使用什麼能力離開了？」

特林沙否定，「愛妮莎想離開的話會直接跟我說，不會不告而別，況且我們用『契』可以感應對方的存在，但現在我找不到她了。」

雖然很擔心愛妮莎，但特林沙不想在眾人面前表現出焦急。她皺了一下眉頭，站起來對會議室的眾人說：「會議先暫停。多恩，妳跟我來。」

目送特林沙跟多恩離開會議室後，坐在林羽田旁邊的林羽炎看著自己妹妹，半晌突然開口：

「妳知道在某些信仰中，認為每隔幾年就是一個輪迴嗎？」

林羽田聽到這句話，轉頭看著哥哥，「什麼意思？」

林羽炎看了眼楊雅晴，又把目光移到那個空著的座位。

「惡疾、戰火、內亂、星變、明蝕、水災、旱災、飢荒，這些稱為八災，會輪流在一個輪迴內發生，一旦全部發生完世界就會毀滅，之後重新開始。」

林羽田皺眉，「你跟我講這個幹嘛？」

「喔！我在看網紅的影片。」林羽炎拿出手機，螢幕上的網紅在對世界末日侃侃而談。

林羽田看著自己哥哥，認真地問：「哥，你老實說，你到底為什麼會來這裡？」

林家有自己的人馬，如果需要由哥哥親自出面，就代表這個案子非常嚴重。

林羽炎卻露出高深莫測的笑容：「我想妹妹了嘛！」

林羽田不相信，但也知道問不出個所以然，因此轉頭看向楊雅晴。

※

特林沙關上辦公室的門，看著多恩直接道：「妳是不是有事情想講？」

多恩遲疑地說：「BOSS，我做了一個夢，但不知道跟愛妮莎失蹤有沒有關聯。」

「說說看。」

多恩回憶起自己的夢境，「我那時……」

發現自己身處在夢境中。

四周的環境只有一個字能形容，靜。

安靜的聲音讓她感到壓力，不同於純粹的黑暗，眼前墨藍近黑的畫面中帶著一點水色。

純黑的色調沁入一絲藍光，或許她正身在某片黑暗的深海中。

眼前沒有明亮的光線，但她的思緒似乎觸動了某個關鍵字，腳底的觸感漸漸變得清晰。

她正踩在某種材質柔軟、細碎的東西上面。

如果自己正身在海底，那腳下踩到的東西或許是海沙？

有別於夏日耀眼熱情的海邊，她身在冰冷的海水中摸不清位置。

多恩看著眼前的黑暗，知道夢境正在對自己諭示某些事。

自己預知夢的能力並沒有帶來太多稱讚，說出來反而會被罵烏鴉嘴，預知到的內容也多半與死亡有關。

但是這樣的夢境往往能警示同伴，她也無法不好奇內容，因此繼續在附近探索。

只是這片黑暗太安靜了，多恩想讓夢境更清晰，用能力與這片黑暗溝通，她也開口對眼前的黑暗說：「給點提示吧？」

難道要她打撈沉在海中的冤魂？

她耳邊慢慢傳來轟隆的聲響，沒有很大聲，位置似乎是從很遠的海底傳來的。

多恩試著環顧周圍。

這裡眞的是深海海底，說不定是某個海淵，因爲周身連一點魚類都沒有，只有無止盡的黑暗。

曾有人說，人類對月球的了解比海洋還多。她看著眼前的黑暗，會不會有龐然大物在海中潛伏，那些巨物卻因爲太大而被人忽略了呢？

當她這麼一想，內心突然感到一股無以名狀的恐懼，似乎那個巨物就在周圍環伺。

就在多恩感覺自己快被黑暗逼瘋時，一股沉重悠揚的聲音從黑暗中傳來。

那聲音在海中鳴叫的腔調，讓多恩忍不住想：這是不是就是鯨歌？

只是她不理解那些聲音的內容，總覺得那不是好的鯨歌，而是黑暗的訊息。

像是來自黑淵的呼喚，要她到達某種死寂之地。

多恩覺得這不是自己處理得來的情況，因此轉身想逃，但周身卻有水流沖向她。她拚命想游開，卻有某種物體靠過來。

那物體太大了，即使是擦身而過，她也像遭到了重擊，無力抵抗地在水底翻滾。

也許是老天爺可憐她，一瞬間有道亮光閃過。

也因爲那一閃而逝的光，她看到了自己面前的可怕光景。

巨大的鯨魚骨架半埋在沙中，周圍奇形怪狀的海洋生物攀附在骨架上，惡臭跟黑暗充斥在這些事物中。

於人類眼光看來，這裡像是鯨魚墳場，對那些海洋生物來說卻是狂歡派對。

周圍又傳來那深沉的鳴叫。她仰頭的一瞬間，看到海洋中可怕的景象——

一隻像巨大鯨魚的東西游過她的頭頂，但是因爲距離跟深海的昏暗，她只覺得那好像不是單純的鯨魚，畢竟鯨魚身上會有毛嗎？

就在她疑惑時，發現有個東西在鯨魚旁邊，她想要仔細看清楚，卻發現鯨魚已經隱沒在海的黑暗中。

就在多恩不知道夢境想說些什麼時，那個巨物一擺尾就造成巨大的水流，而多恩也被水流帶出了夢境。

「嘶——」

多恩驚醒過來，看了看四周，好險她在自己的房間中。

只是她流了好多汗，有種潮濕的感覺。她看到房間的冷氣定時關掉了，臺灣的夏末夜晚還是這麼熱。

她抹了抹臉，正想起來去廁所，但腳底的地板卻傳來晃動。她原本以爲是自己睡迷糊了，但房間傳來的震動讓她確定是地震。

大概有四級吧？

多恩並不驚慌，生死有命，況且她並不覺得房子會有什麼危險，只是靜止，等待地震結束。

自從楊雅晴跟林羽田解開了一個原住民祭典的案件後，就不停發生地震。

多恩看著窗外，臺灣的季節快從夏天轉爲秋天。

「這可能就是轉變吧？」多恩喃喃地說。

這次的預感是一種模糊的感覺，非常難以描述，硬要說的話，就像是看到葉子轉黃、看到貓咪換了毛，看到的一草一木都用緩慢的速度變化。

那個深海裡，有些東西也正在隨著某種規則變化。

聽完多恩描述的夢境，特林沙與多恩都短暫地沉默了。

「BOSS，這個夢跟愛妮莎失蹤有關嗎？」多恩擔憂地問。

特林沙思考一會兒才低聲說：

「之前愛妮莎有說她感應到某些東西，然後妳也夢到了，這一切似乎都跟海有關……雅晴墜海後有看到什麼嗎？」

多恩翻開楊雅晴的報告，「雅晴說有摸到一面牆，但是海裡不該有牆這麼光滑的東西。」

特林沙雙手環胸，食指翹起又點下去，「妳的判斷呢？」

「我猜她說的，可能是某種大型鯨魚，她摸到的可能是側面。但這就更奇怪了，那邊靠近淺海區，除非擱淺，否則鯨魚不會跑到那種地方……或許那不是真實的動物。」

多恩遲疑地說。

剛才白菱綺有提到海，多恩又夢到鯨魚，難道這一切真的跟海洋生態有關？

特林沙突然低聲說：「愛妮莎到地府調查中心也有一段時間了。」

「時間是指……啊！難道……」

多恩意識到了什麼，她抿抿唇卻沒有繼續開口，只是看著特林沙等待指示。

「還不能確定，先等白家跟林家的事情處理完再說。」特林沙說。

多恩知道特林沙是怕影響到現在案件的進度，所以兩人回到會議室後，多恩沒說出這件事。

※

那是一座位在偏遠郊區的道場。

莊嚴的佛樂從重低音喇叭傳出來，旁邊的鄰居抱著被吵醒的孩子，敢怒不敢言，只能拉起窗簾當作沒聽到。

而播放佛樂的建築內鋪滿木板，有如活動中心的大房間裡，一個剃著光頭的人端坐在舞臺上，穿著藍黑色的道袍，斜披著一件黃色的袈裟，上面綴滿寶石跟美麗的刺繡。

「感謝虛明上師的指引。」一群人穿著同款襯衫，跪坐在地上合掌行禮。

如果細看，會發現這些人都是有頭有臉的大人物。那些人的背景涵蓋政壇、商界，但卻都用崇敬的態度面對舞臺上的男人。

「接下來，請虛明上師爲我們講經指引。」拿麥克風的師姊笑著說。

上師走到舞臺前方的講臺，然後開始講佛經故事。

上師的聲音和緩低沉，那些大人物也靜下心來聆聽。

信衆集體安靜下來時，人群中有雙眼睛打量著周圍的擺設。

四周都是珍貴的雕刻跟擺設，但最特別的是上師背後的紫水晶洞，這個水晶洞裡有個蛋型水晶，表面上有著繁複繚繞的花紋，看久了會有暈眩感。

「……今天的講道到此，請大家閉眼大讚。」

虛明上師放下麥克風，閉上眼將雙手分開，手掌心朝上。

其他信徒也學著他的動作，大家都閉上眼齊聲唸著：「感恩讚嘆，虛心求明，佛根清淨。」

此時，最後面的小男生是第一次參加這樣的聚會，他並沒有專心地跪拜，反而到處偷看，直到看到某處，露出驚訝的表情。

因爲在他的眼中，閉著眼的虛明上師背後有濃郁的黑霧竄出來。黑霧連結了每個人，虛明上師就如同蜘蛛在蜘蛛網上，伺機準備獵捕，那模樣非常可怕。

下一秒，黑霧來到小男生面前！他被眼前的黑霧嚇到嘴巴驚呼，黑霧趁機鑽入他的口鼻。男生害怕得閉上眼睛，但沒有任何事情發生，他沒有感覺到疼痛或者不舒服，只覺得有一陣風吹過面前，過了一下他才緩緩睜開眼。

他揉了一下眼睛，眼前的道場還是莊嚴華麗，那團黑霧像是他的幻覺。

「各位，今日講道結束，旁邊的休息室有餐點。」師姊引導眾人去休息。

男生跟家人從道場走出來，不斷想著那些黑霧是怎麼產生的。

他偷看向虛明上師的講臺，注意到那個水晶洞裡的蛋形水晶。

那個水晶像是有魔力，讓他不禁緊盯著它，無法挪開眼。

直到頭上傳來一陣暖意，他吃驚地抬頭，發現虛明上師慈愛地看著他說：

「小朋友，你對『祂』有興趣嗎？」虛明上師拍了拍他的頭。

媽媽緊張又欣喜地看著他，「小泉，過來，不要打擾上師！」

「沒事，你對水晶感興趣嗎？還是看到了什麼？」虛明上師表情慈愛地順了順他的劉海。

名叫小泉的男生滿臉疑惑，卽使他有興趣，也知道那個水晶並不是玩具。

他害怕地往媽媽身後躲，小聲地說：「沒、沒有。」

爸爸興奮地湊到虛明上師旁邊，「上師，我兒子……」他們說話的聲音越來越小。

三人討論了一陣子，虛明上師慈祥地看了男生一眼，「他跟……很有緣。」

但沒有再說什麼，就轉身離開了。

——到底是跟佛有緣，還是跟我有緣？

小泉沒有聽清楚。

一旁的師姊遞了什麼東西到媽媽手裡。這些大人的動作男生都不懂，他就像著了迷一般緊盯著水晶，卽使坐上車也望著水晶的方向，直到道場越來越遠。

那間道場在男生的記憶中非常重要。

但現實中，原本莊嚴的建築慢慢變成廢棄的模樣，大樓外面的磁磚剝落，像是患了皮膚病的野狗，佛樂變成喧鬧吵架，檀香的氣味變成菸酒味，最後一切都安靜下來，帶著腐敗的味道。

此時破舊的道場裡，有一張簡易的小桌子，上面放著嶄新的筆電，螢幕正發出淡淡的光。這些光線被窗外的爬藤類植物覆蓋住，無法逸散出去。

『**你知道綁架我的代價嗎？**』

一行白色的字體出現在螢幕上。

整個螢幕被遊戲畫面占滿，那風格類似某個知名遊戲，但是介面都是中文，彷彿有人借用了遊戲的風格。

而全黑的頁面中，有個女孩模樣的人物，就跟所有遊戲角色一樣維持著某種規律的擺動。她的身體像是用方體積木組成的，她說的話都自動變成文字，出現在頁面的左下角。

一雙男性骨節分明的手在喃念一陣子後放到鍵盤上敲打，他似乎可以透過這種方式，跟遊戲裡的女孩對話。

『妳必須幫我。』

※

愛妮莎恍惚地醒來，發現自己在一個奇怪的地方。

她站在某種空間裡，周圍沒有任何景物，伸手也碰不到任何東西。

「這裡是哪裡？」

她詢問，聲音居然變成文字顯示在她的眼前。

「醒了？」

年輕的男聲傳來，也化為文字，像是眼前有透明的訊息框。

她不認識這個人的聲音，警覺起來。

「你要幹什麼？放我出去！」愛妮莎不高興地說：「你知道綁架我的代價嗎？」

「真的有用耶，真沒想到！」對方卻沒有管她，「虛明上師的方法真的有用。」

愛妮莎瞪大了眼。

「虛明」這兩字像把鑰匙，讓愛妮莎想起了許久沒有開啟，腦海中塵封的往事。

但她也沒有驚訝太久，她猜想，自己可能被帶到道場了，但是現在的道場應該沒有人，難道對方跟虛明上師有關係？

不過對方不給她時間釐清，對她提出無理的要求，「妳必須幫我。」

愛妮莎不高興地拒絕，「憑什麼？你先放我出去再說。」

「不答應我，妳就別想從裡面出來。」對方的態度很強硬。

「你連要我幫什麼忙都沒說，我怎麼可能答應你？」愛妮莎不高興地說。

這片世界突然陷入一片黑暗。

過了一會兒，她的周圍出現許多方塊。她發現這些與某個知名遊戲相似，她可以用方塊創造東西，因此她試著蓋出一棟房子，沒想到真的可以。

所以我是被困在遊戲裡嗎？

愛妮莎不懂，這個綁架她的瘋子想要她幫什麼忙？

又過了一會，世界又亮了。

愛妮莎趁機問：「你是要我幫你蓋房子嗎？」

她故意說出一個不可能的答案，想套出對方的真實動機。

對方卻正經地回答她：「不，妳必須幫我，這是妳欠下的債。」

「我欠的債？」愛妮莎不可置信。

她平時都沒離開過地府犯罪調查中心，是可以欠什麼債？

「對，當年妳能在道場出生，就是我們幫妳的。」

背後突然傳來聲音，愛妮莎馬上反問：「你們又是誰？為什麼會知道我出生的事情？」

她突然有點害怕，那是害怕自己埋藏的過去被人挖出來的恐懼。

對方不可能知道那件事情才對，愛妮莎陰暗地想，因為知情的人都死光了。

眼前卻沒再出現任何文字。

靜了許久，就在愛妮莎以為對方放棄對話時，又聽到背後傳來聲音：

「妳怎麼可以忘了我們？」

第二章　喪煞

愛妮莎不見了，所有人正在想辦法找她時，楊雅晴的手機響了一聲。

她收到了一則訊息。看到林羽田在跟她哥哥說話，楊雅晴不敢過去打擾，走出會議室時正好遇到特林沙跟多恩，因此向兩人告知一聲就離開地府犯罪調查中心。

外面依舊是細雨綿綿的天氣，等車時，楊雅晴看著馬路分神。

事實上，她面對林羽田的哥哥時莫名地心虛。她跟林羽田現在的關係不同一般，她也還沒有做好要見對方家人的準備，更何況……她不知道要怎麼看待林羽田。

她親眼看到林羽田殺了高文樹。

雖然知道那是伊瑪哈惑附在她身上的關係，但是那把刀刺入高文樹的身體後，血液隨著刀子從體內被帶出來的景象，讓她目睹到生命被殘酷奪走的一幕。

林羽炎的出現提醒了她，林羽田可能也為了執行林家派給她的任務，曾動手殺過人。

這讓她面對林羽田時十分混亂。

她一直以為林羽田只負責追捕鬼魂，而鬼魂是人類法律無法處理的東西，沒有絕對的對錯，所以她也沒有牴觸的情緒，直到她意識到鬼魂的產生來自於死亡！

手機又傳來震動，看到來電者的名字，她的手輕微顫抖，必須努力壓下自己的緊張才能接起電話。

對方說了一個地點跟時間，楊雅晴聲音有點乾澀地說，「好，我知道了，謝謝你提醒。」

掛上電話後她提醒自己，接下來的活動需要更慎重一點。

下車後，她踏入一個周圍都是白布的場地，門口立著牌子，寫著聯合追悼會。

由於之前陳滿華他們是接連出事，所以他們的家人乾脆選了一個日子，一起舉辦追悼會。

他們的家人連絡了高中班導師，班導師就連絡了當年的班長，而班長認為林羽田並不認識其他同學，只通知了楊雅晴。

原本楊雅晴也想帶林羽田一起過來，但現在突然發生了緊急狀況，也就作罷。

楊雅晴參加追悼會時，心裡一直有種沉重的感覺。她站在人群中跟其他人一起鞠躬，然後看著那些家人們悲泣。

死亡讓她感到嚴肅，卻無法為那些同學哀傷。

她甚至知道那些人的靈魂已經不在了，但面對生者卻什麼都不能說。

看著那六張照片上燦爛的笑容，她內心只有五味雜陳。

——你們的孩子，也就是我的高中同學們因為霸凌另一個同學，所以受害者選擇付出生命，變成厲鬼來報復，導致他們死亡。

任誰聽到這種話，都會認為她瘋了吧？

況且，家長都認為自己的孩子天真善良，她講這些詆毀死者的話，可能會被人趕出去。

想到這裡，楊雅晴終於理解了林羽田的冷漠，因為不這樣冷漠地看待，或許沉重跟憂鬱會傷害到自己。

她聽著司儀說著哀傷的詞句，空洞地稱讚著孩子的孝順跟善良。

一瞬間，這些人是人子還是霸凌者，似乎都已經不重要了。

葬禮上的一切都浮華美好，楊雅晴看到其他同學眼中含淚，似乎真的很難過，但是拍完照打卡後，那些眼淚也隨著照片上傳蒸發。

她很懷疑，有人在乎事情的真相嗎？

楊雅晴看著那些人的照片恍神，耳邊聽到司儀的聲音，順著指示走到照片前。

她面前正好是陳子泉的照片，她跟其他人列隊站著，準備上前鞠躬。

司儀用溫和莊嚴的聲音說：「今天有許多同學來懷念，請各位對往生者三鞠躬。一鞠躬。」

楊雅晴看著遺照彎下腰，眼前的景象從照片轉為地板。

她木然地想，或許沒有人在乎事情的真相。

「二鞠躬。」

楊雅晴看著遺照再次彎腰，這會是她對陳滿華最後的道別吧？

但是等等，剛剛是不是有東西閃過去？

「三鞠躬。」

楊雅晴第三次彎腰，但看著地板的表情很震驚。

她剛剛是不是看到了一團黑影？如果是自己的淨眼能力又發動了，那這團黑影是誰？

祂為什麼要來這個追悼會？

「家屬還禮。」

司儀說完，家長們對他們這群同學行禮。

楊雅晴站起身看著眼前一臉哀戚的人們，內心滿是疑惑。

那群人早就被送去地府了，文件還是ＢＯＳＳ親自簽名的，那麼，那個突然出現又消失的黑影應該只是某個遊魂之類的？

楊雅晴不再執著於此，跟著同學們離開追悼會場，然後各自回家。

回去的路上，她打電話給特林沙，除了回報行蹤，還講了看到黑影的事情。

『在那種地方看到黑影應該滿正常的。』特林沙的聲音從手機裡傳來。

「陳滿華他們不是應該去地府了嗎？」楊雅晴緊張地問。

『可能是喪禮的聲音吸引了別的鬼魂。』

楊雅晴握著手機遲疑，害怕自己想問的事情在他人眼中其實並不重要。

但最後，她還是敵不過內心的好奇，開口問：「ＢＯＳＳ，如果我早點看出同學的不對勁，余曉妍會不會……」

特林沙聽到這個問題有幾分意外。

這或許是參加喪禮帶來的影響，她也知道楊雅晴當時對淨眼能力還不適應。

『不是的，那是陳滿華他們犯的錯，本來就是他們要承受的因果，況且，妳當時的能力確實不夠強，余曉妍的事情本來就不是妳可以改變的。』

楊雅晴的語氣低沉：「……好的。」

從特林沙的話，她猜測是自己的能力不夠強，才無法改變事情的結果，因此沮喪起來。

特林沙感覺到楊雅晴的情緒低落，直接下令：『總之，妳今天先下班好好休息，明天還有其他工作。』

她的本意是想提醒楊雅晴，不要忘記還有其他事件。

「可是愛妮莎……」楊雅晴忽然想到自己幫不上忙，轉而詢問：「那打卡呢？」

『羽田會幫妳打卡的，總之妳先回去休息吧。』

「好的。」

掛了電話，楊雅晴看著結束通話的手機，心裡有一些失落撫過。

得到特林沙的允許，不用打卡就可以直接下班，理論上她應該要感到開心，但是她卻有幾分失落，感覺自己像是沒有地方可去的人。

但還沒有感嘆多久，手機又響了，楊雅晴看清楚來電人後接起。

『小靜……晴，小晴。』媽媽還是習慣喊她的舊名，說到一半才改口，『妳最近有空嗎？』

楊雅晴聽到電話另一頭的背景音是電視的聲音。

楊雅晴問：「媽，怎麼了嗎？」

『最近我比較忙，妳回來住一段時間，幫我照顧弟弟好嗎？』

楊雅晴想到媽媽平常的辛苦，同意道，「好，我等等搭車回去。」

但她心裡還是有幾分不滿。弟弟早就成年了，為什麼還需要人照顧？

『好，那我先去忙了。』媽媽急切地掛了電話。

楊雅晴先回去租屋處，拿了一些行李再搭車回老家。

剛回去，就看到媽媽正在煮飯，她脫下外套挽起袖子進廚房幫忙，經過客廳時跨過正在打電動的弟弟。

這時，弟弟緊盯著眼前的電視，心不在焉地說：「姊，之前有個人來找妳耶！」

楊雅晴有些意外地問：「誰啊？」

「不知道，他留下一張名片就走了，說妳知道他是誰。」示意她拿起櫃子上的名片。

楊雅晴拿起名片，看到上面的名字，「趙問言？」

是為你好事件中那個在做直銷的人？

可是，他怎麼會知道自己的家在哪裡？

楊雅晴突然想到，參加旅行團時有填身分證資料，趙問言是看到了那份資料吧？

接著，她發現旁邊還有一張訃聞。

是蔡羅慈的喪禮訃聞，趙問言跟蔡家還有連絡嗎？

楊雅晴疑惑地收起訃聞跟名片，一想到還要再參加一場喪禮，心情就有點沉悶，但很快又被坐到餐桌旁的媽媽打斷。

「小晴啊，妳在外面交了什麼朋友？那個男生是誰啊？為什麼要拿那種東西給妳？」

「只是參加旅行團認識的。」楊雅晴解釋。

「只是旅行團認識的人，還需要給妳訃聞？」媽媽感到不解，甚至擔憂起女兒到底在外面做了什麼。

畢竟事情說來複雜，楊雅晴沒辦法解釋清楚，只能含糊地說：「就發生了一些意外。」

聽到「意外」兩個字，媽媽更擔心了，「那妳怎麼能告訴別人我們家的地址呢？萬一對方傷害到弟弟怎麼辦？」

「那時候只是要留個保險資料而已。」楊雅晴簡單解釋。

媽媽緊張地叮嚀：「那妳去把地址改成妳租屋的地方，知道嗎？」

「好，我會的。」楊雅晴用保證的語氣說。

看到楊雅晴點頭，媽媽才露出放心的表情，「等一下那邊還有一些東西，幫我搬上去，不然妳弟一個人搬很辛苦。」

媽媽一邊唸一邊幫弟弟夾菜，而弟弟只是看著電視，恍神地扒飯。

楊雅晴拿了自己的碗筷，也坐下並低聲說：「知道了。」

※

隔天早上，楊雅晴冒雨來到調查中心。

一進入調查中心，從其他人臉上的表情就知道依舊還沒找到愛妮莎。

楊雅晴看著那個空著的座位，回憶起當初到地府調查中心時，第一個遇見的就是愛妮莎，她是個非常有自信，愛吃又對電腦極其敏銳的小女生。

楊雅晴開始思索有沒有其他方法能找到愛妮莎。

報警肯定不行，光是一個女生突然憑空不見，他們就不知道該怎麼跟警察解釋，愛妮莎甚至沒有報過戶口，警察不可能去找一個不存在的人。

白菱綺也在調查中心裡，隨口問：「羽田，妳們家的小朋友是什麼種族的？」

多恩看向特林沙，楊雅晴也問林羽田：「她是不是傳說中的饕餮啊？」

她會這樣猜測的原因，是因為愛妮莎的暴食屬性跟傳聞中愛吃的妖怪饕餮很像。

畢竟 **Pink** 是天狐族，愛妮莎說不定也是某種妖族後裔。

特林沙卻否定楊雅晴的猜測，「愛妮莎不是妖族，她其實更接近某種精神凝聚出來的實體。」

「妳是說……舊神那一類？」白菱綺皺起眉。

如果是舊神，就麻煩了。

舊神代表的是另一個更古老的時代，當時人類崇拜的神明跟人類本身都很弱小，那時的舊神更像某種精神凝聚而成的神靈，信仰者大部分都是動物，甚至生靈，所以神體的形象很模糊。但是相對的，舊神的能力非常強，對道德善惡的定義跟宗教信仰的神靈有差別。

臺灣是個信仰多元的地方，人類對特定神靈的信仰很專一，這讓舊神很少注意到這個小島，白菱綺手上關於這方面的紀錄也很不完整。

「對，她是沒辦法追溯的無名者。」特林沙皺起眉，「她的產生者更接近混沌的型態，神祕且力量不可控制。」

甚至比她還強大。

「混沌產生出了愛妮莎？」林羽田難得開口問道。

如果是鬼魂，她很了解，但是混沌這種能量類神是比神更少被注意到的領域，她也不清楚其來源。

特林沙提出比喻，「有點像是細胞分裂，用接近的概念來比喻的話，她很有可能是混沌的子代。我發現她時……」

特林沙發現愛妮莎時的情況，比多恩在山上造成的草藥傷害更糟糕十倍。

她當時剛好經過臺灣，因為感受到巨大的能量爆發，感應到宛如炸彈的震動，所以就到現場查看狀況。

那是一個民眾活動中心大小的道場，現場看起來像發生過鬥毆，有許多屍體躺在地上，唯獨一個女孩模樣的人站在中心。

「當時，愛妮莎在一堆屍體的旁邊。看傷痕判斷，那些人是互相殘殺而死，能量都被吸乾了，而愛妮莎蘊含著強大的能量，我只好先用結契的方式將她帶回去。」

神明是可以收服精怪為己所用的，所以當她能用契跟愛妮莎結下因緣，代表愛妮莎還算在可束縛的範圍。

「為什麼不報案呢？」楊雅晴問。

「愛妮莎如果被警察發現，以她當時不夠社會化卻擁有強大能量的狀態來看，只會造成更多傷亡，讓其他修煉者擁有她也未必是好事。」

之後特林沙只能先將愛妮莎帶到調查中心，後來愛妮莎也甘願待在特林沙的結界內，透過網路去觀察這個世界。

楊雅晴聽著特林沙的敘述，突然想到自己剛到調查中心時，愛妮莎給她的那疊資料，裡面都是一團紅黑色的東西。

愛妮莎在那些報告中到底記錄了什麼？

楊雅晴突然湧上一陣惡寒——那些資料不會紀錄了那些死者吧？

一旁，今天也來到調查中心的林羽炎一直觀察著楊雅晴。

妹妹暗戀這個女生很久了，看她對這些事的反應很敏銳，或許她不像資料上寫得那麼平庸。

林羽田緊張地擋住林羽炎的視線，語帶警告地低聲說：「哥，你不要嚇到雅晴。」

林羽炎看妹妹這麼緊張，痞笑後轉頭不再看楊雅晴。

感受到林羽炎莫名的視線，楊雅晴有些不自在地又問特林沙：「BOSS，如果有『契』，為什麼沒辦法用『契』讓愛妮莎回來？」

「感覺她像被困住了。」特林沙也很困擾。

白菱綺繼續提出疑問：「那個小朋友會不會是……被她的上一代召喚回去了？」

「不是，我和她的契約連結依然還在，她只是像是被關住了，沒辦法回應。」

特林沙感應到愛妮莎在某個她碰不到的地方。不是在臺灣，卻又好像在臺灣，位置很飄忽的感覺。

這時，林羽炎的手機響了，所有人都看向他，林羽田也明顯緊張起來。

這個鈴聲在他們林家發配任務時才會響起，以前她在林家時，這鈴聲總是讓她很緊繃。

林羽炎看了看手機，突然走到投影機前，連接到手機並播放一個影片。

這是一個女直播主，她似乎正在賣玉。

第一眼看到她時，楊雅晴就覺得這個女人的氣色很不好，她的眼睛帶著血絲，拿著玉推銷著玉的成色價值等等。

但她突然一愣，像是看到了什麼訊息，然後伸手朝著鏡頭撥弄了幾下。之後她的神色突然很難看，開始拿旁邊的儀器毆打自己的手。

接下來畫面一陣搖晃，拍攝者上前關心她並中斷直播。

「這是第十三個自殘的影片了。這個月有七起，上個月則有六起，都是突然在直播時自殘。」

「這不是一般的精神疾病嗎？」多恩提出疑問。

影片中的人會選擇不留餘地傷害自己，通常是跟自身的經歷有關，很難認定是集體的行為。

「我們原本沒有很在意，但是警局有認識的人告訴我們這類的傷者越來越多，甚至開始出現死者，所以希望我們能阻止。」

林羽炎拿出一疊資料。

「我們大概整理出了一些共通點。死亡的人都長期且長時間依賴網路，有八成的人是直播主或網紅，而且有個必須委託你們調查中心的原因，就是他們都沒辦法招魂。」他看向特林沙，這位大人跟地府有很深的因緣。

林羽炎用強調的語氣續道：「我們找不到他們的靈魂，所以想請大人幫忙。」

像他們這種溝通陰陽的修煉者，許多懸案跟未解的事物，可以透過直接招來事主靈魂的方式了解，像林羽田前陣子問的原住民習俗，也是族中家人透過招魂記錄的。

但是找不到靈魂就沒辦法了解，現實世界的調查進度會變慢，所以林家派林羽炎來到地府調查中心。

「名單呢？」特林沙詢問。

林羽炎從資料中找出一張名單，特林沙看著名單上的名字，閉上眼一會兒，然後困擾地開口：

「那些靈魂沒有到地府報到。」

「靈魂不見，這就很有趣了。」白菱綺看著其他人。

「羽田、雅晴，妳們先去調查這件事。」特林沙分派任務給兩人。

「我也想跟！」

白菱綺得到了特林沙的默許，開心地介入林羽田跟楊雅晴中間，挽起林羽田的手臂。

「抓到妳了，小田！」

林羽田想掙脫並走近楊雅晴，但楊雅晴先一步離開了，林羽田只好拖著白菱綺往前走。

※

檔案室內，三人在櫃子前翻找資料。

愛妮莎不在，搜尋資料的工作就要由他們分攤。但是不懂管理系統的運作方式，三人連要往哪個方向找都沒有頭緒，導致他們就像是瞎子摸象，無法把資訊拼在一起。

「羽田，這個符號是什麼意思？」楊雅晴指著某個檔案上的分類。

白菱綺在旁邊插嘴，「那是一級危險的圖示，妳連這種東西都不懂嗎？」

「我跟妳說要放哪裡。」林羽田沒半點嫌棄的意思，並一直把白菱綺的話當耳邊風。

「羽田，這個呢？」楊雅晴看著手上的資料夾。

「放那一櫃。」林羽田拉著她的手到櫃子前。

把東西整理好後，楊雅晴轉頭看到白菱綺抓著林羽田，看著滿桌的資料討論東西。

如果我再有用一點就好了。

楊雅晴想到自己之前跟眼科醫生私下做過的訓練——若是集中精神，專注感知眼前的事物，淨眼的能力就有可能變強。

她嘗試集中精神，看著桌上的文件。

她要感知的是某種惡意，或者跟鬼魂有關的東西。

緊盯著眼前凌亂的文件一會兒，還是沒有任何發現。當她想要放棄時，抬眼看到一旁擺著一臺電腦。

螢幕上有個黑色的對話框，她走過去點開。

是警局負責電子資訊的人員傳了相關資料過來。是那些使用者的手機或者信箱，他們並不知道愛妮莎失蹤，所以想拜託她幫忙查一些資料。

楊雅晴看著那些手機畫面的截圖，想到愛妮莎曾說過手機是貼身的監視器，因此仔細觀察著手機內的APP。

簡單地分類那些APP，除了通訊型的電話、對話、公司群組，以及自我管理型的紀錄經期、體重的APP等等，最多的就是遊戲。

「咦？」

楊雅晴不斷滾動滑鼠，每個人的手機裡好像都有同樣的APP。

楊雅晴把圖片放大，「羽田，妳來看一下。」

「怎麼了？」林羽田靠過來看著螢幕。

「這些人好像都在玩同一個遊戲。」楊雅晴指著某個APP說。

林羽田眼睛一亮，「這也許可以當成切入點。」

「怎麼做？」楊雅晴下意識地順著問。

「妳怎麼這麼笨啊？就是要進行偵查，收集情報調查啊。就妳這個樣子，竟然還想跟小田在一起？」白菱綺嫌棄地說。

「白菱綺！妳給我安靜！」林羽田狠瞪一眼白菱綺，轉頭想向楊雅晴解釋，「雅晴，妳別在意她說的……」

楊雅晴猛然站起身，「我要喝水。」

她拿起自己的水杯就出去了。

林羽田氣得又瞪了白菱綺一眼，白菱綺則一臉不在乎的模樣。

而楊雅晴來到飲水機前，沉悶地嘆了一口氣。

一股強烈的挫折感增重了她的疲憊感，不僅她一靠近林羽田就會被林羽炎瞪著，讓她感到壓力龐大，最重要的是，林羽田跟白菱綺的配合明顯更順暢。

她就像跑錯了地方的門外漢，笨拙的樣子連她都想掐死自己。

※

楊雅晴原本要回租屋處，但媽媽又叫她回家幫忙，她只好回到老家。

楊雅晴關上房門，心情有些沉重地嘆氣。

直到剛才，她才把媽媽交代的大部分家事都做完，也洗好澡了，只要撐一晚就能回租屋處了。

「小靜……小晴！」

媽媽的聲音從樓下傳來，楊雅晴跳起來打開房門，「媽，怎麼了？」

「去幫忙晾一下弟弟的制服。」媽媽命令。

「他不是有兩套？」楊雅晴疑問。

「都髒了啊！叫妳晾個衣服而已，快去。」

楊雅晴晾完衣服要走上樓時，家人的歡聲笑語傳進耳裡。轉頭看向客廳，那裡似乎沒有自己的位置，而地府調查中心裡……也沒有她幫得上忙的事情。

她有些憂鬱地回到房間。

楊雅晴很想說服自己這並沒有什麼，但胸口總是悶悶的。煩躁地轉頭看向一旁，看到趙問言的名片和訃聞還放在書桌上。

雖然不曉得他是怎麼拿到自家地址的，但媽媽之前對他的來訪很不高興……就跟他說一聲，請他別再來了吧。

名片上印著一個QR碼，楊雅晴拿出手機掃描、加入通訊好友，還沒說什麼，對方就傳來一個遊戲邀請。

她充滿疑問，但趙問言又傳來三個字：愛妮莎。

一看，楊雅晴震了一下，雙眼瞪著手機裡的對話框。

如果可以找到愛妮莎，或許就能證明自己的能力了！這個想法驅使她接受了遊戲邀請。

但讓人失望的是，遊戲裡並沒有任何愛妮莎的消息，這款遊戲也不是林羽炎提供的資料中，那些自殘或自殺的人玩的遊戲。

那是一個詭異的規則類遊戲。她操控的人物要當一個禮儀師，還有著長達十幾項的規則，仔細讀過，會有種微妙的恐怖感。有點像是密室解謎的感覺，但是她能做的有限，只能跟著這些規則操控人物。

要不要把這個遊戲交給調查中心查查看？

但是想到白菱綺嫌棄的話，她馬上抹消這個念頭。

她要靠自己研究出一些結果，再跟特林沙報告！

第三章　挑戰

『你知道人為什麼要自殘嗎？』

廢棄大樓的樓梯內，有一雙腳正在往前走，來到樓梯口。

『有人說是為了應對窒息的情緒問題。』

雙腳沒有猶豫地踏上階梯，隨著樓梯一步一步拾級而上。

『也有人說是為了刺激大腦，一旦產生腦內啡就能止痛，可以減少緊張、焦慮，甚至可以好好睡上一覺。』

「睡覺？」

這兩個字讓爬樓梯的腳步越來越快，似乎正在奔向一個興奮美好的未來。

『但對我而言，自殘帶來的痛苦已經是我唯一能感受到的事情了。』

手機裡的聲音說到這裡，終於安靜下來，取而代之的是因為運動而急促的呼吸。

一個男生呆滯地看著前方。

他穿著黑色的衣服，握著手機的手腕內側儘管被衣料遮著，那些深深淺淺的刀割疤痕還是很明顯。

不管男生是否有聽到手機裡的聲音，另一頭的人繼續說：『現在這是你的重要時刻，你已經不需要人生這個爛東西了。』

男生像收到指令的機器人。

他站在這棟十二層樓高的廢棄大樓頂樓，雙手撐著圍牆翻過去。

「對，我不需要了。」

男生的表情中帶著迷茫卻欣喜，毫無畏懼地讓身體往前傾斜。

一瞬間，他的身影消失在圍牆邊。

——砰！

一個重物落地的聲音傳來。

這就是那個男生在這世界上最後的聲音。

孟露嫻呆滯地站在頂樓門口，親眼目睹這一幕，驚魂未定。

她是被遊戲管理員叫到這裡來的。

想到自己目睹到一個男生跳樓，那一聲沉悶的聲響就讓她心驚。

但口袋裡的手機震動起來，有訊息不停傳來。

她打開手機，看到訊息，『**去看。**』

簡短的訊息中帶著強迫意味，孟露嫻在拔腿就跑跟好奇之間來回擺盪。

她今年才十四歲，就讀在地的國中，至今還沒有看過死人呢！

死掉的人是什麼樣子？

好奇心戰勝了恐懼，她吸了一口氣，緩緩靠到牆邊，偷偷往下看一眼就往後退。

「啊！」

驚喘一聲後，她看著周圍。

幸好附近都沒有人，手機在口袋裡，如樓下的屍體一樣安靜。

她想到自己剛才看到的景象——

穿著黑衣的人看起來很小，腦子像是摔爛的番茄，流出一灘鮮紅的血液跟露出來的腦部，白色的……

「不要想了！」

孟露嫻猛然轉身大喊，周圍只有她的呼吸聲。

過了幾分鐘，腦子似乎終於願意運作了，她的雙腿終於可以邁開，帶著她的身體衝下樓。

當她終於氣喘吁吁地回到家，她才拿出沒有再震動過的手機。

手機已經安靜了，但當她滑開，出現的不是熟悉的桌面，而是一個遊戲。

『**請命名房間名稱：（最多輸入二十個字符）**』

她輸入自己的名字，等她按下發送，才想到她不是要取那個名字。

「等等，我要修改名字！」

孟露嫻按下遊戲的重置鍵，但重置的提醒卻讓她遲疑。

『**一旦重置會刪除遊戲，前面的任務也必須重新完成。請問是否要重置，確認請在框內輸入「放棄」，並等待五分鐘的時間。**』

孟露嫻看到放棄兩字，又遲疑了。

想到班上同學嘲笑她的嘴臉，她選擇繼續玩下去。

畢竟她還有想做的事。

※

起床洗漱，揹著書包去學校，在路上順便買早餐。

孟露嫻看著學校廁所的鏡子，裡面是個身材乾癟的女孩，膚色黯沉，有個痘痘在臉頰上，綁著鬆垮的馬尾。

她知道自己很普通，就是那種處於中間的普通。沒有優秀的課業成績、討人喜歡的外貌或是譁眾取寵的口才，但也不是分數掛蛋、在團體邊緣的那群人。

「很閒，妳昨天登入遊戲了嗎？」班上同學叫了聲她的綽號，詢問她進度。

她舉起手，露出手腕上自殘的傷痕，同學們發出一陣怪叫。

男生們覺得她很有種，女生們對她有些佩服，孟露嫻內心有點得意，覺得自己做了很厲害的事情。

「所以妳是第一天嘍！」同學勾住她的肩膀，「走吧，我們回去上課。」

孟露嫻點點頭，順手拉下袖子免得被老師看到，跟同學一起踏進教室。

在同學的介紹下，孟露嫻登入了一個手機遊戲。這個遊戲的規則就是要聽從遊戲管理員的命令完成任務，完成後要拍照回傳。

孟露嫻回到座位上看著黑板，她的好心情又盪下來，有點煩躁，因為那個普通、不斷重複的無聊學生日常又開始了。

孟露嫻看著周圍的同學，感覺一切都太平凡了，一想到自己也是其中一員就覺得毫無意義。

下課回到家後，她打開手機，全黑的畫面上只有一行紅字。

『妳有想要結束這一切的衝動嗎？』

這句話不需要回應，因為只是遊戲在更新時的圖片。

孟露嫻回到房間，拍了幾張自殘的照片傳到遊戲裡，一邊等遊戲管理員回覆一邊煮泡麵。

她的父母工作都很忙，忙到名片上有滿滿的頭銜，唯獨少了父母相關的內容，她則像是被遺忘了一般獨立成長。

小時候當然也會失望，現在卻覺得挺自由的。

放在家裡桌上的零用錢，是父母記得她存在的證明。

「我也不算被虐待吧？」孟露嫻自言自語。

父母給的零用錢夠多，買制服、課本、文具等等也都可以拿發票抵銷。

只是她偶爾會覺得，自己不像在一個家庭裡，而是在一個名為家庭的公司中。

小時候，她曾經因為寂寞在房間裡哭，整整哭了兩小時。結果她喉嚨啞了、眼睛腫了，眼淚弄濕了棉被和衣服，家裡依舊寂靜得讓人害怕。

最後她因為哭得太久而頭痛，還是去藥櫃拿了一粒止痛藥吃下。她躺在床上睡了一覺，隱約聽到父母吵架的聲音，她就拿被子蓋住頭。

然後呢？

然後就沒有記憶了。

水煮滾後，她倒入調料包。

滾燙的水氣讓皮膚產生痛覺，手上自殘的傷口被熱氣燙到，使她抖一下。但她強迫自己放入調味料跟麵，之後打蛋下去，看著蛋白從透明、變白到成形。

她也曾經在網路上測試過，她不是什麼反社會人格，也感覺得到其他情緒，聽到同學的冷笑話還是會笑，看到影片裡的可愛動物還是會有憐愛的心情，只是對她而言，痛覺是最敏銳且真實的。

「……只是這樣而已。」她自言自語地說著，用這樣的理論說服自己依舊正常。

麵差不多熟透了，她把鍋子裡的麵倒到碗中，將空鍋放到流理臺裡泡水，明天中午時，她們家聘請的家務阿姨會處理。

她捧著麵經過廚房的中島，上面放著幾個可微波的保鮮盒，蓋子上貼著早餐、晚餐的標籤。

孟露嫻沒有看向那些盒子，走到電視機前，看著電視吃著泡麵。

用筷子夾起熱騰騰的麵條，吹一下後放入口中，鹹香的湯汁跟滑溜的麵條，再夾一塊沾著蛋黃的蛋白吃一口，她開心得瞇起眼睛。

手機的提示聲響起，她拿起手機，看到遊戲管理員終於回覆了。

『第二天，任務完成度0／1』

孟露嫻點了一下說明欄。欄位打開後出現了更詳盡的說明，任務內容是要她去看一場電影，管理員還很貼心地問她何時有空。

她回覆一個時間後沒多久，對方給了她一張電影票。

「進場看完電影就可以完成任務，得到糖果。」孟露嫻看著手機挑眉，「糖果是什麼？」

但她沒有問，反正到時候就會知道了吧？

她依照指定的時間來到一間播放二輪片的電影院。

她知道二輪片是指那些下檔的電影，除了電影票比較便宜，還可以看半天到整天。

孟露嫻翹掉了下午的課，她走進影院，拿出手機上的電影票。

員工掃碼後懶洋洋地指著一個方向，「海廳。」連看她一眼都懶。

孟露嫻打開影廳的門，一邊找座位一邊心想，她早查過了這個遊戲，無非就是要看恐怖電影、熬夜、自殘，這些事情都很簡單就能做到。

來到位置上，居然有個牛皮紙袋，上面寫著孟露嫻。

孟露嫻皺起眉，但還是拿起來。

「這就是糖果？」

她坐下後打開來看，發現還真的是糖果。兩顆糖躺在紙袋中，紙袋外面寫著祝她好眠。她把糖果塞進自己的背包裡，然後看著電影。院廳裡人不多，她坐在中間看著免費的電影，感覺這個遊戲沒有多困難。

花了幾個小時看完一堆恐怖片，孟露嫻並沒有感到害怕，只是對那些尖叫聲有點厭煩。她登入遊戲，上傳自己在影院拍的照片。

今天的任務轉為完成，並且有了新的任務，她看完只覺得很簡單。

遊戲管理員要她明天再割手一次，她到房間拿起筆筒的美工刀，很快就完成任務。

唯一比較麻煩的是每天四點要起床，孟露嫻把手機的鬧鐘設定好，放在自己手邊，等時間到就可以拍照上傳。

遊戲進行到第三天，每天早上四點開始有十秒的時間可以進入遊戲中的房間，如果超過時間沒有進去，遊戲的房間就會鎖起來。

她準時在四點進入遊戲裡的房間，遊戲管理員馬上又傳了一個任務，這次的任務更簡單，要她畫一個圖案。

『**這個圖案代表妳。**』

孟露嫻想了想，走到書桌上塗畫起來。

接下來的挑戰也不困難，她甚至覺得自己可以一天接十個任務。想到這裡，她打開可以直接跟遊戲管理員對話的對話框。

『**我不能多接幾個任務嗎？(;,•ε•;,)**』

遊戲管理員的回應很像機器人，『**不能。**』

『**拜託（˘•ω•˘）**』

遊戲管理員：『**凌晨四點會更新任務。**』

孟露嫻嘟起嘴，丟下手機去客廳看電視。

隔天的任務更簡單，只要用地圖軟體記錄路線、畫出一個圖案，對她而言只是出門散步就能完成的任務。

『**不能給點高難度的嗎？**』孟露嫻傳訊息問遊戲管理員。

遊戲管理員的回答依舊很冷，『**一天只有一個任務。**』

孟露嫻放下手機，難道管理員是機器人嗎？

她好奇地問，『**管理員，你會說實話嗎？**』

這個問題讓遊戲管理員有些遲疑，但還是回答：『**不影響遊戲進行的情況下，會說實話。**』

孟露嫻來了精神，手指快速地在手機上打字，兩人一問一答。

『**那管理員喜歡什麼活動？**』

『**買衣服。**』

『**最喜歡的顏色？**』

『**灰色。**』

『**是不是單身？**』

『**不是。**』

『**我可以當遊戲管理員嗎？**』

孟露嫻原本以為對方會很為難，沒想到遊戲管理員回覆得很快。

『**通過二十天挑戰就可以當遊戲管理員。**』

孟露嫻看著對方的回覆，大感驚喜，『**太好了（〳>ε<）〳**』

就在她以為遊戲管理員不會再回覆時，對方卻突然說：『**妳想要更難的挑戰？**』

孟露嫻來了興趣，『**可以嗎？**』

之後遊戲管理員傳來的訊息，讓孟露嫻第一次不知道該不該繼續這個遊戲。

『**妳吃糖果了嗎？**』

※

隔天，孟露嫻在學校時，把同學拉到一旁。

「幹嘛啦？廁所在另一邊。」同學不耐煩地說。

孟露嫻悄聲地問：「我問妳，妳有吃糖果嗎？」

同學突然眼睛一亮，「妳沒吃嗎？那給我！」她說完就要往孟露嫻身上摸。

孟露嫻抓住對方的手，「妳幹嘛？」

她覺得同學的精神狀況不太對，同學卻越來越生氣，「我叫妳給我，聽不懂嗎！」

「喂！清醒點，妳還好嗎？」孟露嫻不停抵抗。

「給我，把糖果給我！給、我、啊——」同學甚至激動到尖叫。

孟露嫻想提醒對方走廊上有監視器，對方卻突然將她推到樓梯附近的欄杆上！她的背撞上磚牆，讓她痛得無法說話，只能眼睜睜地看著同學抓著自己再往旁邊幾步，她就可能會摔下樓梯。

這時，她才意識到同學的狀態已經不是用不對勁足以形容的。對方的眼睛裡面充滿恨意，手上的力氣非常大，而且臉色非常不好。若要更直白地說，她的同學現在就像鬼一樣，而且是從地獄爬來的厲鬼！

同學沒有得到孟露嫻的回答，瘋狂抓住孟露嫻的領口往樓梯口拖，「不給我糖果，妳就死定了。」

孟露嫻害怕起來，因為她能感覺到對方是真的想殺死她！

她掙扎地拉住欄杆，但同學扯著她的領子，布料繃緊、發出撕裂聲，同學逼近的臉更可怕了一些。

「不、不，妳到底要做什麼，救命！」她忍不住大叫。

這時，路過的班長跟風紀聽到她大叫，兩人過來拉住孟露嫻，但眼前的同學力氣大得可怕，連班長、風紀兩個人也被拖著走。

上課鐘聲剛好響起。

老師在走廊大喊：「上課了，進教室！」

在老師大喊後，孟露嫻看到眼前的同學冷靜下來，放開她後自己回到教室，言行舉止完全判若兩人。

孟露嫻走在那個同學後面，注意到同學的口袋有亮光跟一陣細微的震動聲。

孟露嫻入座後，突然聽到背後傳來美工刀的聲音，喀噠、喀噠、喀噠的聲音讓人畏懼，耳邊更被一個冰涼的東西貼著。

她的位置就在那個同學的前面。

當她意識到是那位同學用刀架住自己時，她感受到被威脅的恐懼，而同學從背後傳來的聲音也讓人寒毛直豎。

「好可惜。」同學的語氣中飽含著惡意。

孟露嫻側著臉，低聲說：「喂，妳別鬧了。」

「如果妳摔死了，妳的糖果就是我的了。」同學在她耳邊說，帶來陰冷的寒意。

孟露嫻沉默下來，因為她感覺到這個人是真的想殺了自己。

聽到敲擊手機的聲音，她才意識到那個同學收回了刀子。

不是因為老師喝止才停手，而是因為手機收到了訊息。

孟露嫻回到家，把書包摔在床上，氣憤地傳訊息給遊戲管理員。

『**我今天差點死掉耶！管理員，你最好給我一個交代。**』

遊戲管理員也很快就回覆訊息，但孟露嫻看到訊息的剎那，感覺像有隻名為可怕的異形爬到身上。

未知的威脅掐住她的頸脖，恐懼透過皮膚鑽入腦海，不停散發出危險的訊息讓她身體僵硬。

管理員：『**幸好妳沒有把糖果交出去。**』

「什麼幸……」她說到一半，突然意識到對方回應她的內容，彷彿全程觀看了自己被威脅的過程。

遊戲管理員在現場嗎？

所以我一直被遊戲管理員監視著嗎？

這個想法讓孟露嫻非常不舒服，立刻把遊戲刪除。

只要刪除遊戲、封鎖遊戲管理員，她就可以擺脫這個爛遊戲了吧？

※

『**當生的慾望，遇上死的邀請，你會選擇哪個？**』

遊戲又更新了。

遊戲更新時的標語換了，但孟露嫻沒有空管這些，她疑惑的是為什麼遊戲還在？

我不是已經解除安裝了？

遊戲已經移除了不是嗎？

她開始感覺這件事很不對勁，懷疑遊戲裡是不是其實有病毒，所以才刪除不了遊戲？

她的手機鬧鐘從三點五十九分跳到四點時，還是準時響起來。

她感到不可思議，「我明明關機了啊！」是我沒有按到嗎？

她鼓起勇氣伸手抓起手機，用最快的速度打開密碼鎖，然後用力按下關機鍵，看著手機的螢幕轉暗，她才鬆了一口氣。

但螢幕只暗了一下，很快又亮起來。

「啊——！」

孟露嫻煩躁地喊了一聲，拿棉被跟枕頭把手機蓋住，這樣就算響了也沒有聲音。

她已經連續好幾天都四點起來，她真的不想在這個時間起來了。

早上，她起床去上課，一切都像回歸了平靜。

只是在把考卷往後傳時，她會不自覺地逃避後面那位同學質問的眼神。

她突然覺得眼前無聊的人生十分可愛，並埋頭於難解的數學，狂背討厭的英文單字，研究國文的修辭，彷彿腦袋裡塞滿了知識就不會去想自殘的事。

『手機呢？』

突然一個聲音鑽入腦海。

『妳不能沒有手機，不然怎麼拍黑板的筆記？』

——不，我可以用抄的。

『沒有手機，群組裡的人會說妳什麼？』

——我們都是同學，可以直接問。

『那遊戲呢？』

『妳不是覺得自己可以挑戰任務又不自殺？』

——我不玩了，我放棄。

「放棄，呵呵呵，哪有可能讓妳放棄。」

這句話的語調中帶著得意，如同惡魔在耳邊低語，甚至嘲諷的笑聲響起時，那股呼吸吹在耳邊的濕熱感……

等等！

孟露嫻意識到這句話是貼著她耳邊說的，是背後的同學在搞鬼嗎？

她還在疑惑時，腦袋後面傳來一陣麻癢。

孟露嫻猛然回頭，就看到同學右手握著美工刀，左手拿著割下來的頭髮，然後當著她的面把頭髮放到嘴裡。

孟露嫻感到毛骨悚然，而同學的嘴動了一下，將嘴唇外面的頭髮也吸進嘴裡。

太噁心了吧！這個人是不是有病，居然吃別人的頭髮？

她抓起自己的頭髮檢查，雖然只有被剪下一小撮，但也讓她的心情轉壞。

想到就是眼前的同學建議自己玩那個爛遊戲的，她的害怕漸漸轉變成怒氣。

——這個人該不會在整我吧？

想到自己浪費這麼多時間跟零用錢，還跑到電影院看那些影片，晚上熬夜不安地等著訊息，她忙了這麼多天，結果這一切都可能是這個人搞的鬼，還剪她頭髮。

越想越不甘心，她突然崩潰地站起來對同學怒吼：「妳到底有什麼問題啊！」

同學呆滯地看著她，喉嚨吞嚥了一下，似乎真的把她的頭髮全吞了下去。

孟露嫻被這個動作弄得反胃，這個人該不會已經瘋了吧？

站在講臺上的老師咳了一聲，「同學，妳怎麼了？」

看到孟露嫻還是背對著自己，老師不高興地又喊了一次：「同學，孟同學！」

孟露嫻過了一會兒才注意到教室裡太過安靜，繼而發現其他人都在瞪自己。

此時，她才想起自己正在上課，尷尬地坐回椅子上低聲說：「沒、沒有。」

老師沒有為難她，只是說了句：「大家認真上課，下一題……」

孟露嫻手拿著筆翻著課本，但腦海裡都是那個同學的眼睛。

恍惚的眼睛沒有任何生氣，裡頭甚至沒有映出自己的身影。但這個同學前幾天還很暴躁，現在卻如同屍體一樣安靜，這改變也太大了吧？

難道是那個遊戲害的？

放學後她剛回到家，父母非常難得地都在家，而被她包在棉被裡的手機此時就在餐桌上。

「爸、媽？」孟露嫻很驚訝，他們現在不是還在上班嗎？

「老師在找妳，妳知道嗎？」媽媽不高興地抱怨：「我打給妳也沒接，結果妳把手機丟在房間，是在搞什麼東西？」

「妳把手機丟在家，人跑出去，是故意玩失蹤嗎？」爸爸也不高興地質問。

「沒有啊！」

孟露嫻覺得很奇怪，她只是不想碰手機裡的遊戲，也不懂平時不關心她的父母怎麼會突然想要找自己。

他們判斷自己還活著的方式，不是看桌上的零用錢有沒有被拿走嗎？

「沒有？妳們班導『特地』打來通知我，說妳上課表現不佳，要我們當家長的多注意一點。我正在開會耶！妳讓我丟臉成這樣，好像我們虧待妳似的。」爸爸說完，氣到起身回去臥房。

進去前，又補了一句：「妳下個月沒有零用錢了！」

「嗳，你又丟下我一個人……等等，你這樣我要怎麼跟老師交代啦！」媽媽起身追進房間，只留下孟露嫻一人。

孟露嫻看到桌上的手機還能發出震動，拿起手機，發現手機不僅開了機，電量還是滿的！她有點不高興，原本想假裝沒電然後結束遊戲的，結果不知道是誰把她的手機充好電了。

打開手機，她發現遊戲果然又裝回來了。

她乾脆傳訊息給遊戲管理員，『**我放棄，我不想玩了。**』

遊戲管理員傳了一張圖片給她，說是要處罰她的不乖。

孟露嫻原本還覺得好笑，最好用一張圖片就可以處罰她。

但圖片是她家門口的照片！

她認出這是自己家的門把，她卻不認識那隻握著門把的手。

孟露嫻驚慌了一下，故意回覆，『**你搞錯了！那不是我家！**』

對方卻又傳了一張圖片，『**那我殺了他們也沒關係吧？**』

照片裡是她的爸媽。從衣服的樣式來看，能看出是今天拍攝的，而且照片上，父母的脖子被人用紅筆畫了一條線。

看到這威脅意味十足的圖片，孟露嫻害怕地問：**『你想幹嘛？』**

『玩遊戲。』

孟露嫻還想掙扎，但對方又傳了一句：**『不然，就不是割頭髮這麼簡單了。』**

孟露嫻還是不甘心。

『我不想玩了，我知道錯了，對不起。』她試圖道歉，希望遊戲管理員結束遊戲。

可惜對方一點都沒有讓步，**『先吃糖果，拍照。』**

『不然你出一個難的任務，我去執行最後一次。』

『吃。』

孟露嫻咬著嘴唇，一會兒才到房間拿起糖果。

拿出牛皮紙袋、撕開透明包裝，晶瑩的糖球拿在手上很像琉璃珠，但不論多麼漂亮，她還是覺得害怕。

她想到自己看過的那些防毒品宣導，懷疑這些糖果裡面會不會有毒品？

我會不會因此染上毒癮？

但是看到手機上的父母照片，她還是把糖果塞進嘴裡，然後拍下撕開的包裝袋。

還沒有傳照片，對方就傳來訊息。

『很好，現在妳可以有自己的房間了。』

孟露嫻看到任務天數跳到第七天，她進入一個類似房間的地方。
這時，她才想起自己當初會玩遊戲的原因。
『聽說有個遊戲很猛。』同學半開玩笑地說：『妳要挑戰看看嗎？』
『什麼遊戲啊？』孟露嫻問。
同學湊在她耳邊說了幾個字，當時的孟露嫻聽到後先是震驚，但她裝出無所謂的表情，『那有什麼好玩的，無聊。』
自殺遊戲有什麼好玩的？
同學卻繼續說：『現在規則改變了……』對方貼在她耳邊，細聲說了什麼，『妳想想看，妳討厭誰就可以讓那個人消失耶！』
孟露嫻終於來了興趣，但那個遊戲太有名了，她也還不打算放棄人生。
『可是我又不想死。』
『妳可以錄下來啊！放到網路上，到時候一堆人看妳玩這麼大，一定會讚爆。』
同學的建議打動了孟露嫻，她終於認真思考這個提議，這也是她會玩這個遊戲的原因。
但現在這個原因已經不能吸引她了，這個遊戲，乃至手機，都讓她開始害怕！
她用被子蓋住頭跟耳朵，希望自己可以不要再看到、聽到這支手機。

※

『第七天任務，偷東西，完成度0／1』

偷東西！

孟露嫻思考著要怎麼下手，但到了放學都沒想出來。而那個剪她頭髮的同學，還一臉輕鬆地說要幫她完成任務。

「我不玩了，妳有病吧！」

孟露嫻揹起書包想走，卻被人扯住書包背帶往後拖，「嗳，幹嘛啦！」

那位同學不管孟露嫻的喊叫，堅持把她拖到教室角落，其他人也圍上來。

孟露嫻看著其他人靠過來，抓著身前的書包有點緊張，甚至有個靠在牆邊的男生一手插在口袋裡，另一手拿著美工刀。

「你們要幹什麼？」孟露嫻皺著眉說，她想離開卻又被人擋住。

「妳已經吃過糖果了吧？手都在抖了！」那位同學看著她說。

「誰跟你們這些毒蟲一樣！」

孟露嫻想要求援，但班上的其他人跟她對到視線後馬上移開。

「我的任務就是阻止妳放棄遊戲。」旁邊的男生用拇指推出美工刀，喀噠聲讓人緊張。

那位同學按下男生手上的刀，「不要這樣嚇她啦！」

她對孟露嫻露出友善的笑容，但是笑容中的笑意沒有傳到眼底。

她走到孟露嫻前面，扯住她的頭髮，然後一手拿出打火機點火，「我給妳一點溫暖好了，要燒哪裡妳才會聽話呢？頭髮還是臉？」

孟露嫻感覺到臉頰旁的熱度，害怕得不敢動，「妳這樣我要去跟老師說！」

「老師？」同學不屑地笑了，「可以啊，看是老師先來，還是妳的臉先被燒爛！」

看著對方手上的打火機越靠越近，她嚇得蹲下身，護住臉尖叫：「啊——！」

孟露嫻看到對方的腳在自己的眼前，但她身邊也有許多人的腳，團團圍住她，讓她沒有可以離開的空隙。

如果此時孟露嫻仔細觀察，也許會發現腳的數目已經超過班上的人數了，可惜她太害怕了，光是防備同學的傷害就讓她緊繃到了極限。

「遊戲不能停止。」同學彎腰，看著孟露嫻陰冷地說，手上的打火機再次靠近。

孟露嫻感到熱源靠近，用手護住臉，害怕又快速地說：「好，我做就是了！」

同學跟其他人點頭交換眼神，一群人圍著孟露嫻來到附近的商店，帶她到一個食品架前。

現在時間是晚自習前，休息時間快要結束了，所以商店內沒有什麼客人，只有他們一群學生，店員甚至在滑手機，等他們結帳。

同學拿著一瓶飲料，像在看上面的包裝，但實際上在孟露嫻的耳邊小聲說：「我們去排隊，妳拿了就走。」

孟露嫻並不確定。

她看了看周圍，沒有其他人，但還是不敢不付錢就走。

「可是有防盜器。」她看向門口的機器。

「笨，貴的才有防盜，妳隨便拿點東西就走啊。」

同學看向門口，此時周圍已經沒有多少人了。

或許是因為心虛的關係，孟露嫻感覺門口像是有一隻怪獸，等著她自投羅網。

「我們不缺這些錢吧？」她想拿口袋的零用錢付帳，卻被同學扣住手，另一個人順手拿走她的手機。

「沒做就別想拿手機。」同學威脅她。

孟露嫻還想著手機丟了就算了，對方卻警告她，「妳以為擺爛就可以解決嗎？遊戲管理員知道妳家在哪裡！」

「你們為什麼要站在遊戲管理員那邊！」孟露嫻不懂這些人，「你們都不想要放棄嗎？」

這遊戲根本就不好玩，他們卻像狂信徒一樣執行著遊戲管理員的命令。

「遊戲不可以放棄。」其中一個男生說：「妳不做，遊戲管理員就會威脅我們。」

「快點，不要拖了！店員在看我們了。」旁邊有人提醒。

「喔。」孟露嫻隨手拿起一樣東西，問：「然後該做什麼？」

同學看到孟露嫻笨拙的樣子，「塞到口袋不會嗎？怎麼這麼笨！」

「你行你上啊！」孟露嫻不高興地說。

「我上次因為妳任務就失敗了，妳以為只有妳被威脅嗎？」同學不耐煩地說。

所以其他人也被威脅了？

孟露嫻看著他們的臉色，把東西塞到自己的口袋就走。

其他人也拿了東西去結帳。

她緊張地看著店門口的感應裝置。她在這間店進進出出這麼多次，從來沒有一次覺得門口那麼恐怖。

偷東西會通知家長吧？被爸爸知道的話，她可能會被打斷腿。

孟露嫻一邊走一邊感到緊張，眼角餘光卻發現有人在錄影。這讓她的動作僵了一下，對方舉著手機卻示意她繼續，孟露嫻強迫自己鎮定地走向門口。

如果此時店員沒顧著結帳，抬起頭就會看到女學生的僵硬跟遲疑，還有她走路時塑膠包裝發出的聲音，可惜這一切都被前面的學生們擋住了。

下一秒，她踏出門口，腳踩到地面的那一刻，孟露嫻內心的緊張到達顛峰。

幸好沒有任何警報聲響起，就在她放鬆下來時，又突然聽到「叮咚！」一聲，內心的緊張又拉到最高。

孟露嫻在心裡想：完了，我死定了！

她驚慌地看著周圍，背後傳來腳步聲。

那群同學們走過來，正好用背影遮住店員的視線。

孟露嫻鬆了一口氣，但她的肩膀馬上被人按住，「小嫻？妳怎麼在這裡？」

媽媽的聲音從她背後傳來。

孟露嫻覺得自己快崩潰了，只能轉頭僵硬地看著自己媽媽，「媽，妳怎麼會在這裡？」

「我為什麼不可以來？你們導師剛跟我聊完。」媽媽看著對面一眼，然後又盯著女兒，「妳為什麼沒有去上課，現在不是晚自習嗎？」

「阿姨好。」同學的反應卻比孟露嫻快，馬上有禮貌地笑說：「我們買完晚餐就要回去了。」

孟露嫻慌亂地點頭後跟著同學走，轉頭看到媽媽似乎在跟誰說話，但是對方是個她不認識的男生。對方遞了張名片就離開，孟露嫻注意到對方留著鬍子、穿著襯衫，一副混社會的樣子。

她皺眉想傳訊息問媽媽，但在口袋裡沒有摸到手機，才想起同學拿走了她的手機，「我的手機可以還我了吧？」

「影片傳完再還妳。」同學扣住她的肩，手上的微波便當也貼在孟露嫻的背後。

孟露嫻被燙了一下，幸好溫度沒有太高，她忍住脾氣，跟其他人進學校參加晚自習。

進教室之前，同學把她的影片上傳完才還給她。可是當她要握住手機時，又不馬上給她，「現在妳已經被遊戲管理員盯上了，我勸妳最好乖乖執行任務。」

「喔。」孟露嫻搶過手機，非常不甘心，卻又不知道可以做什麼。

「我是認真的，妳知道自己有多少把柄在遊戲管理員手上嗎？」同學難得多說了一句。

孟露嫻聽出同學話中的提醒，想起這幾日任務的內容。光是遊戲管理員有她偷東西的影片就夠糟了，還知道她家在哪裡，而她自殘的圖片……

越想越覺得毛骨悚然，原來在不知不覺間，她做了這麼多壞事嗎？

最近的她總覺得疲憊、麻木甚至煩躁，這些該不會都是遊戲造成的吧？

不行，總有什麼方法。

孟露嫻撕下筆記本上的一頁，在紙條上寫了東西往後傳。

『為什麼妳要這麼聽話，妳就這麼想死嗎？』

她想勸同學放棄，大不了就是被記過，但是小命還是能保住吧？

『對啊！不然幹嘛要玩遊戲。』

同學的回答卻讓孟露嫻背後發涼，這個人是瘋了嗎？

『妳不是說可以殺一個人嗎？我們殺掉遊戲管理員嗎？』

孟露嫻還想掙扎，同學的回答卻讓她絕望。

『可以殺一個人啊，就是妳自己。』

『不要鬧了。』

『沒在鬧啊，況且妳偷東西的影片已經給遊戲管理員了，不聽話他會公開。』

『遊戲不能退出嗎？』

「死是唯一的解脫。」

這次紙條並沒有這麼快傳來，那位同學似乎在紙上寫什麼，卻突然被另一個聲音打斷。

這句話突然出現在耳邊，孟露嫻感到背後一寒，往聲音的來源看去，就發現班導站在旁邊。

「上課不要傳紙條！」

班導拿走兩人的紙條，看了一眼紙條卻沒有唸出來，而是拿去丟到外面的垃圾桶。

孟露嫻原本鬆了一口氣，可以擺脫被當眾念出紙條內容，導致當場社會性死亡的結果，也算是逃過一劫吧。

「連絡簿發下去，大家要記得寫作業喔！」老師穿著低跟鞋回到講臺，示意前排的同學把那疊連絡簿拿回去發。

「吼，都什麼時代還用連絡簿。」旁邊的同學拿到連絡簿後小聲抱怨。

「到高中就不用簽了。」另一個同學說。

孟露嫻漫不經心地翻看連絡簿，直到她看到班導簽名的那一欄，有一個熟悉的圖案在上面，讓她心跳停了一拍。

為什麼老師會知道這個圖案！

那是她前陣子解遊戲任務時畫的，而那個圖案就在老師的簽名旁邊，這表示老師也是遊戲的支持者嗎？

難道老師就是遊戲管理員？

腦海裡有無數個想法閃過，但越是深想就越是絕望，因為她發現，自己沒有方法能擺脫這個遊戲。

※

『**人在面對不可逆的傷口時，會有五個階段：否認、生氣、爭取、沮喪、接受，最後所有人都會接受死亡，死亡是必然將至的眞理。**』

孟露嫻看著手機螢幕發呆，她已經連續兩周週順利完成任務，但她開始有點精神恍惚。

她記不住上一堂課的內容，班上的人找她聊天時也非常不耐煩，只想抓緊時間，趴在桌上睡一下。甚至有種抓不住時間的感覺，還經常把日期搞錯。

她想到自己曾經爭取過要當管理員，但現在她知道這個遊戲就是個詛咒，卻沒辦法從詛咒中脫身。

「……我終於發現，我想要的是回到一個月以前……那個很普通的日子。」

孟露嫻對著鏡頭說出自己的感觸，想到自己曾經擁有過這份平凡，卻因為追求刺激而捨棄，直到無法逃脫時，才發現平凡是最舒服安心的狀態。

現在她只能盡力留下一些影片、把自己打理整齊，因為如果讓媽媽看到她這麼糟糕的狀態，媽媽或許會難過。

她看著房間的鏡子，伸手想把玩一下旁邊的小熊，但是又放下小熊，躺到床上。

打開手機繼續看圖片，這是遊戲管理員給她的任務，要在四點前把這些圖片評分完。

那些圖片都是傷口、自殘、疾病、屍體、寄生蟲等噁心的圖片，光看一張就很不舒服，但是她每天都要花時間觀看並且評分，不然手機就會鎖起來，無法使用其他功能。

她不好奇遊戲裡為何會有這麼多自殘的圖片，只是根據任務內容去執行，而這一張張圖片集合起來，往往可以讓她熬到兩三點。好不容易處理完要睡覺，馬上又到了凌晨要解新任務的時間。

凌晨四點——

此時的孟露嫻已經接受了這個現實，放棄抵抗任務，至少這樣遊戲管理員不會派其他人來威脅她，而她只要完成分派給她的任務就好。

她準時進入遊戲中的房間，這個房間裡隨處可見各種血腥的照片，她卻沒有當初第一眼看到時的噁心跟恐懼。

她對這些東西已經麻木了。

那些照片只是在預言她人生的結局。

她的遊戲角色經過一面牆壁，上面居然掛著一個類似排行榜類的東西，但是每三十秒就會隨著遊戲更新而改變，像是每分每秒都有人在廝殺一樣。

『任務・計畫書0／1』

「計畫書是什麼？」

孟露嫻不懂這個任務要做什麼，她已經習慣各種自殘、面對恐懼的任務了，但是計畫書又是什麼？

早上，她到學校去問那個同學。

「那是殺人的計畫書。」同學懶洋洋地說。

孟露嫻不解地問：「妳不是說這個遊戲只會殺死自己嗎？」

同學沒有理會她的詢問，「如果妳想知道怎麼寫，中午會傳給妳。」說完就不再理她。

「為什麼不馬上傳？」孟露嫻不懂，但同學低著頭不理她。

想到上次剪頭髮的事件，孟露嫻也不敢逼問，誰知道她瘋起來又會做什麼。

到了中午，除了放學的鐘聲，午休也算是求學生涯中少有的放鬆時刻。

孟露嫻正要跟值班同學去搬便當時。

嗶——

突然有個男生站起來，用哨子吹出很響亮的一聲，全班都注意著他。

「我會拿到第一！」男生帶著得意的語氣說完，然後拔腿衝出教室。

更詭異的是，班上還有幾個人一起衝出教室，坐在她背後的同學也跟著跑出去。

其他同學都以為那些人是想引人注意，沒有人追上去。

他們的教室在五樓，孟露嫻走出教室，可以看到被護欄切成一半的景色，下雨時伸出手還可以接住雨滴。

但她眼前突然一黑，一個人形快速從她眼前落下。

——有人跳樓了！

腦海中剛閃過這個想法，就響起她已經聽過一次的重物墜落聲。

那一聲像砸在她的心口，孟露嫻突然感覺全身失去了力氣，癱坐在地上，感覺頭暈目眩。

最後，眼前一片黑暗，無止盡的黑色從她的腳底湧上來，似乎想要淹沒她。

「孟同學，孟露嫻！」

旁邊的同學明明激動地喊著，但在孟露嫻耳裡卻越來越小聲。

孟露嫻想看清身旁的同學，但眼前的畫面卻如同電視雜訊的雪花圖樣，最後轉為黑暗。

黑暗是如此可怕，她在黑暗中想要控制自己的身體，卻發現自己的身體好沉重，她甚至不知道自己為什麼會在這團黑暗裡。

但即便在黑白的世界裡，她還是能感受到某種東西靠近。

那是什麼東西？

一瞬間的好奇讓她多看了一眼。

就一眼。

眼前是她走出教室時看到的學校走廊，圍牆外同樣有落下的人影，只是速度像被調成了慢速播放。

而那個人影，就是坐在她後面的同學。

在這片黑暗中，那位同學的模樣特別清楚。她的眼睛看過來，對孟露嫻不屑地冷笑說：

「我們誰都逃不過的。」

說完，就墜落下去。

又是同樣的撞擊聲響，想到這聲音代表的意義，孟露嫻就覺得身體發涼又反胃。

「不要啊——！」

孟露嫻害怕地坐起身，緊緊抱住雙腿，像是要把自己的存在縮到最小。

這裡是個陌生的空間，一旁有各種藥瓶、人體神經分布的圖片，一位套著白色白袍的校醫正看著她。

「同學、同學，妳冷靜點，妳在保健室，沒事的。」校醫用溫和的聲音說。

孟露嫻聽到這個聲音才稍微冷靜下來，整個空間充滿著消毒水的味道，她看著校醫，一臉擔憂的樣子。

校醫拿出一枝筆給她，「來，妳握住。」

孟露嫻伸出手，握住筆。

「很好，我要檢查一下妳的眼睛，妳跟著筆尖看。」

校醫拿回筆，在孟露嫻面前左右移動，確認她的眼睛確實跟著筆尖移動。

檢查完，校醫把原子筆收到口袋，觀察孟露嫻下床的動作，確認她四肢沒有其他病症。

「不需要叫救護車。」校醫填寫好紀錄後又問：「同學，妳要回去上課，還是我通知家長讓妳回去休息？」

「我自己回去就好。」孟露嫻下了病床，一邊穿鞋一邊問：「對了，老師，剛剛跳樓的事件怎麼樣了，有人處理嗎？」

她的膝蓋上有塊紗布，染上優碘的淺咖啡色，可能是自己摔傷了。

「妳在說什麼？」校醫茫然地說：「沒有人跳樓啊！同學妳是不是搞錯了？」

校醫翻看紀錄又回憶過後，非常肯定自己沒有聽到這個消息。

「把妳送來的同學說妳走出教室就昏倒了，並沒有說有人跳樓啊！」

孟露嫻不高興了，「老師，你不能這樣整人啦！我明明就看到教學大樓那邊……」

話說到一半，她就停住了。

因為保健室門口正對著教學大樓，那邊地面上沒有任何屍體或血跡。如果真的跳樓，人應該會摔死在教學大樓前面才對。

孟露嫻想像中慌亂的同學、老師、警察、封鎖線都沒有出現。

——我明明看到有人掉下去啊！

但教學大樓前的綠色草皮依舊鮮綠，眼前的景象狠狠反駁著她。

對面教學大樓的教室內，學生們都坐在教室裡上課，走廊上有幾個教職員從走廊經過。

「怎麼會……不可能……我……」孟露嫻感到不可思議。

「是妳眼花看錯了吧？」校醫看著她，表情無奈地勸說：「妳們這些小女生，真的不要太在意外表，節食減肥減到暈倒的話，會更快復胖喔！」她一邊收拾桌子一邊說：「回去洗澡前記得要把紗布撕掉，妳的傷口不大，洗完澡擦乾就好。」

孟露嫻說了聲：「好，老師再見。」

她離開保健室，在走廊上快速通過，急促的步伐反映出她內心的慌亂。

她甚至跑到教學大樓前面，確認真的沒有任何屍體。

「真的是我看錯嗎？」

孟露嫻開始懷疑自己的記憶。

但是不對，那時候吹哨子的男生呢？還有掉下去的人，是坐在自己後面的女同學吧？如果是他們耍自己……

對，我是被耍了吧？

孟露嫻快步跑回教室，說不定那個同學會坐在位置上，嘲笑她被嚇暈了。

她生氣地衝進教室，卻馬上愣住，因為教室裡，自己的位置後面空蕩蕩的，不像有人坐在這裡過，沒有書包、外套，甚至抽屜都是空的。

「原本坐在我後面的人呢？」孟露嫻忍不住問：「她躲去哪裡了？」

「妳回來啦！」班長走過來，正好聽到她的疑問，「妳剛剛說什麼？」

「坐我後面的那個同學啊。」孟露嫻指著那個空位。

「那邊沒有人啊！」班長有點發毛，突然想到了什麼，「還是妳看到夜校的人？」

孟露嫻搖頭，「不是，我很肯定！」

那個同學還剪了她的頭髮耶！她……

她叫什麼名字？

班長抓住孟露嫻的手，「妳是不是還在頭暈？中午時，妳剛走出去就暈倒了。」

孟露嫻看著班長許久，發現他是真的在擔心自己。

如果是以前，她還會有點欣喜，但現在她只想到如果班長是認真的，那就表示自己後面的那位同學真的不存在！

孟露嫻忽然有點發毛，一把甩開班長的手，「我、我回來拿書包。」

注意到手機突然亮起，她馬上抓起手機，拿了書包就走。

「那我送妳去門口吧。」班長擔心地跟上她。

孟露嫻的精神都注意在手機上，連班長是何時離開的都沒有注意到，因為遊戲管理員終於傳給她一份計畫書。

她來到校門口，好不容易下載完APP、打開文件，發現這竟是那位同學寫的計畫書！

那個人用文字詳盡地描述地點、場景，還有要怎麼動手、用什麼樣的道具跟方法。

孟露嫻滑著滑著，看到文件最下面的文字。

那份計畫書要殺的對象是——孟露嫻。

「啊！」

孟露嫻嚇得手一抖，手機掉到地上。

她慌張地撿起來，拍掉手機上的灰塵。

這時，她的腦袋裡又出現一份記憶。

剛開始玩遊戲的時候，有個任務是要指定自己想殺的人，而她當時因為好玩，所以把那個對象設定成媽媽。

如果她不執行遊戲任務，遊戲管理員就會把那個東西寄給媽媽嗎？

孟露嫻崩潰了！她憤怒地踢翻身旁的垃圾桶，「啊！爛遊戲——」

她生氣地尖叫，但不管做什麼，手機依舊無情地跳出通知。

遊戲管理員又下達了任務給她。

※

『神話裡有種怪物名為惡甘斯，祂在捕獵時，最欣喜於獵物痛苦掙扎的模樣，為此甚至長出八隻手，每隻手掌都有一個眼睛，這樣當祂抓住獵物時，其他眼睛都能觀看獵物痛苦的樣子。』

一個男生不停在紙上塗抹，可惜沒有畫圖才能的他，最後只能勉強在紙上塗出一個多角形的黑色圖塊，沒人有辦法看出他在畫什麼。

但男生不以為意，他很開心自己終於能畫出一個東西。

但他還沒有放下畫筆，一隻手突然抓起桌上的紙，直接將紙撕爛。

「媽的，又畫這種鬼東西！」

酒醉的男人把紙揉成一團，丟到旁邊的垃圾桶。看到男生撲過去搶那團紙，男人內心的怒火燃燃升起。

他抬腳狠狠地往男生的屁股踹去，「叫你不要畫這種鬼東西！聽不懂嗎？」

他居高臨下地看著男生跌坐在地上，內心的怒火讓他舉起拳頭，用暴力教訓這個孩子。

一般的孩子被打，早就又哭又躲了，畢竟躲避疼痛是人類的本能，但那個孩子的表情卻像是疑惑，他不懂為什麼爸爸要打自己。

男人摔了酒瓶後又大罵：「你這個怪物，因為你，我也變成怪物了！」

男生還是不懂，但他對男人打罵的反應非常詭異，反而更刺激男人，怒罵髒話。

狂飆髒話十來分鐘後，男人罵累了，捏著酒瓶坐在椅子上。

他是個單親爸爸。在年輕時偷嘗禁果，結果女友生下這個孩子就難產死了，由他負責扶養孩子，卻因為孩子奇怪的病經常被誤會。

一種簡稱無痛症的先天症狀，導致孩子對痛覺極度不敏感。

疼痛會讓身體自然產生反應，更是許多孩子成長時期的重要刺激，會因此知道火會燙傷，所以不可以玩火、不正確使用器具會導致受傷，讓孩子理解行為跟安全的重要性。

但他兒子不同，因為無痛症，兒子身上經常出現傷口。別人走路撞到東西，之後就會繞過跟閃躲，但他兒子還是一次又一次地受傷。

這些傷口讓社區的其他人議論紛紛，甚至有人罵他是禽獸，居然這樣毆打孩子。

他不只被一個鄰居關心過，甚至需要把病歷護貝起來讓別人看。但這還是敵不過眾口鑠金，最近他的工作沒了，新女友一知道兒子是個罕病兒也馬上提出分手，拒絕任何連絡。

他對人心放棄了，那乾脆就真的動手吧，反正那個孩子也不會喊叫。

他走到兒子面前蹲下，孩子還是小心翼翼地看著自己。男人把雙手舉起來，孩子以為他要擁抱自己便主動靠過去。

他就這樣掐住孩子的脖子，「怪物就應該去死！」

他一邊說，一邊收緊虎口。

反正醫生也說過，這樣的孩子很難融入社會，容易在不適當的遊戲行為中死亡，而他也不想照顧這個孩子一輩子。

他掐著孩子的脖子，緩緩用力，就像這個殘酷的社會一樣，想要緩緩將這個拖油瓶掐死。

他因為太過專心，沒有聽到背後的門被打開，也沒有聽到旁邊的人在說什麼。

咚！

直到傳來重物撞擊的聲音，男人因為被敲暈而鬆開手，倒在地上。

兩個穿著社工背心的男女看到男人倒在地上後，男人舉著椅子一臉不安，女人則把門關上，確認周圍都沒有人。

「怎麼辦？他是不是死了？」男人不安地問。

女人沒有管男人，上前抱著男生說：「乖，你肯定嚇壞了吧？」

男生嗆咳起來。

他將自己埋進女人的懷裡，因為他知道自己很怪，所以想要藏起自己的怪異。

女人卻以為這是孩子喜歡自己的表現，兩人就這樣把孩子抱離房子。

「這個要通報吧？」男人問。

女人卻拒絕通報，「我可以領養他，只要改一下資料就好。」

男人雖然不贊同，卻沒有反對。

長大之後，男生的人生沒有因為被養母收養而變好，他跟一般人一樣上學、成長，但是感受不到痛覺成了他跟人相處的障礙。

他必須要求自己模仿那些人痛苦，但這才是他真正的痛苦。

「精神障礙的人格養成，只需要不斷否定、批評，還有情感缺乏……」

聽到講臺上老師說的話，他內心的黑暗也躁動起來。

確實，他因為有缺陷，總是感覺不到身體的回應。

因為對疼痛的不解，他必須比別人更細心地觀察，也經常自殘想感受到那種感覺。

他看了很多血腥的影片跟小說，卻還是不能感受到那些人的痛楚。

在他看來，每個人都是走在鋼索上。那條鋼索看似堅固，走在上面的人卻隨時都在瘋狂跟正常的兩端擺盪。

而他早就掉入瘋狂的深淵，只是掩藏得很好罷了。

既然感受不到身體的疼痛，他便開始往心理的方向走，研究起自殺的議題。

藍鯨遊戲，一個在國外流行起來的行為遊戲，會鼓勵青少年嘗試熬夜、自殘的行為，然後緩慢地讓人習慣失眠、精神壓力，最後真的執行自殺。

他在遊戲中看到了跟自己一樣的特質，那些行為的背後都在訓練自己對「死亡無懼」。若是對某件事物沒辦法做出反應，人們就會用更強烈的手法刺激，然後行為不斷加強，最後就會死亡。

他原本找了幾個實驗者想測試自己的理論，卻從中嚐到了操弄人心的快樂。身體沒辦法感受到痛苦，他卻可以透過遊戲製造那些人的痛苦。因為是行為實驗，他有極大的權力可以命令實驗人員。

這個遊戲對他而言不再只是理論，而是讓他終於能感受到快樂的東西。

他跟一名心理諮商師合開了心靈教室又拆夥，因為經常表演似的引導學員自殺，導致警察將他列為通緝犯。

他原本打算逃跑到別的地方重新開始，可惜在搭機離開前，他還是被警察發現並擊斃了。

死後，他的靈魂原本應該要被地府帶走，但因為養母偷改了名字，地府的鬼差找不到他，因此就這樣過了幾十年，都沒有任何鬼差來接他，他只能在附近閒晃。

附近蓋了醫院之後，他就在醫院裡閒逛，直到有天他突然被推了出去。

在他一個鬼魂的眼中，看到幾個靈魂帶著微光的人圍著醫護人員，跟著一張病床進入醫院。

他看過身邊跟著冤親債主的人，但是這種有光的卻是第一次看到。他偷偷跟在後面，發現醫護人員把某個昏迷的病人安置在病房，看那些儀器，大概是變成植物人了吧？

他是一具無主孤魂，而病房內是沒有靈魂的身體。

那時，他知道自己的機會就在眼前！

病房外面貼了符咒，他不能進去，直到有次地震，符咒因為地震的關係破裂，他才得以鑽進病房，並且看到了病床上那具毫無生氣的身體。

這是一個完美的容器，他只是靠近就順利進入了身體，並且取得這副身體的所有記憶。

「我叫陳子泉。」

他對著鏡子說完後閉上眼，腦海閃過許多記憶。

他閱讀這些記憶，並且緩慢地融合。

意識對他這個心理研究者而言，是一個類似靈魂場域的東西，他正在這個場域內接受那些記憶，就像消化食物一樣。

陳子泉看著鏡子，卻看不到自己身後的黑霧。

那些煙霧如同細線，一端連在他身上，另一端連接到空氣中。

他只想著要用這副身體，將自己設計的遊戲繼續散播出去。

——這是他的第二次機會！

※

孟露嫻又接到了新任務，要站在高處的牆邊往下拍照。

她坐在高樓的圍牆旁，現在她已經不會害怕摔死了。

「或許死了還比較輕鬆。」孟露嫻悶悶地想。

用手機朝下拍了一張照片後，突然一陣強風吹來，她嚇得抓緊手機，但很快又不再害怕。

她把圖片傳給遊戲管理員，順利通過了任務，內心卻只有疲憊到麻木的感覺。

現在她好想好好睡一覺，但手機裡的父母照片讓她打起精神。或許她曾經恨過父母，恨他們把自己帶到這個世界卻又不理自己，但現在她太累了，反而不會再想到那些事了。

她突然想到自己加入遊戲的第一天，那個跳樓的男生。

難怪他會這麼熱烈地衝上頂樓，可以逃離不斷被威脅的狀態，肯定很輕鬆吧？

如果跳下去，我是不是也可以……等等！

孟露嫻突然想到，她在學校暈倒的那天，如果班長說的是真的，自己的背後真的沒有那位同學，那這個遊戲還是真實的嗎？

如果這個遊戲是真的，為什麼那個同學不見了？

似乎是感應到她的疑惑，那個同學突然從旁邊走出來。

「妳怎麼又出現了？」孟露嫻翻回欄杆內，抓住她的手，確認可以握住對方的手，「妳跑去哪裡了？為什麼班長說妳的位置沒坐人？」

此時那個同學不像在學校時那麼惡劣，雙手被孟露嫻扣住也沒有甩開，只是悲傷地看著她。

「今天是第二十一天了，恭喜妳。」那個同學看著孟露嫻說。

「已經二十一天了？」孟露嫻很疑惑，時間真的過得這麼快嗎？

那個同學迴避了她對時間的疑問，只是繼續說：「只要通過測驗，妳就還有十天的緩衝期。」

孟露嫻問：「那妳之前跑去哪裡了？緩衝期能幹嘛？」

「妳不想跟家人道別嗎？不想活下去嗎？」同學看著孟露嫻問：「就算只是再多十天，也可以短暫地拖延一下，不好嗎？」

孟露嫻呆呆地點頭，「確實有十天比較好。」

就在她們交頭接耳時，一個男人帶著一個跟孟露嫻差不多大的男生過來。

「我就是遊戲管理員。」男人說。

一瞬間，孟露嫻感覺自己的血液停止流動。

「遊戲管理員」這五個字把她的人生耍得團團轉，她恨這個人卻又知道自己的資料被掌握在他手中，因此只能瞪著那個男人。

男人把男生拉到圍牆旁，孟露嫻的手也被旁邊的同學抓住，將她拖到圍牆旁。

孟露嫻想掙扎，但是同學的力氣又大得嚇人，她只好乖乖被拖到圍牆旁站著，身邊站著那個男生。

男人看著他們三人微笑，「這一連串的遊戲，你們玩得開心嗎？」他看著男生說：「應該夠刺激吧？」

「就是你在帶領這個爛遊戲嗎？」男生明顯比其他人激動。

「我們都有完成任務，你說過登上排行榜就可以取消遊戲的。」同學則冷冷地說。

男人伸出食指搖了搖，「不對喔！我是說，登上排行榜就可以獲得跟遊戲管理員見面的資格，通過我的考驗，才有可能成為遊戲管理員。」

「我不要當遊戲管理員了！」孟露嫻生氣地說。

「確定嗎？」男人看著孟露嫻說：「當上遊戲管理員，才有資格取消遊戲喔！」他說著前後矛盾的話，似乎連他自己也分不清遊戲能不能取消。

孟露嫻一聽，原本抵抗的意志開始動搖了。

男人看向那個男生，「況且不是我在帶領遊戲的喔！」他露出一口白牙，笑說：「我只是遊戲的參與者之一。」

「所以你只是遊戲管理員？」男生一邊說，一邊看了孟露嫻跟旁邊的同學一眼，似乎在暗示什麼，「如果你出意外死了……」

他似乎在暗示孟露嫻，想要三人合力把對方處理掉。

男人哈哈大笑，「我如果出意外死了，你們的資料就會被散播出去。」他看著那個男生，表情轉為威脅。

「你們電腦裡無聊的小祕密都會被公開出來，你在生活中遇到的每個人，都會知道你們做了什麼，這樣你們還打算一起對付我嗎？」

男人搖頭，然後非常有自信地走到他們面前，「不，你們必須保護我。這裡——」他指著自己的腦袋，「取消傳送的密碼在我的大腦裡，如果我死亡或受傷，那些內容都會定時定點公開。」

男生咬牙又無可奈何，「你到底想要怎樣？」

「我要你們做決定，從現在起，你們要推出一個最弱的人去死。你們有十分鐘的時間，猜拳也好、討論也行，總之有人必須死在這邊。我會戴上耳機，等你們討論好。」

男人說完真的戴上耳機，按下手機的計時器。

他似乎真的不怕三人集體攻擊他。

那個男生馬上開口：「你們兩個，自己決定誰要死吧！」

「啊？」孟露嫻感到不可思議，這個男生說的是人話嗎？

「你們加入這種遊戲，不就是想自殺嗎？現在有機會了，快去死啊！」男生說。

「你也是遊戲的參加者，你不想死的話，怎麼會被遊戲管理員盯上？」同學反應迅速地說。

「我、我是被朋友陷害的！亂幫我登入那種鬼遊戲，害我被威脅、來到這裡！」他的眼神飄移不定，「總之你們都是自願的吧？那就快去死啊！」

「我不要！」同學不高興地說：「我積分是最高的，為什麼要死？要也是她去，她根本沒有用心解任務。」

男生看到孟露嫻還一臉茫然，伸手推了孟露嫻一把，「那就妳吧！」

孟露嫻被推得一個踉蹌，「我？等等！」

「時間到。」男人看著站出來的孟露嫻，「看來你們已經決定好了？」

男生跟同學點頭，男生甚至補了一句，「她說她是分數最低的。」

孟露嫻終於知道那個排行榜是什麼了，她內心充滿絕望地想，自己真的會死在這邊嗎？

她緊張地看著男人，當男人逆光的影子整個罩住她時，她腿軟地跪下了。

——我還不想死！

但是男人對她露出嘲諷的笑，似乎對她的愚蠢感到有趣，「既然這樣就去死吧！你們兩個。」他突然抬手，一手抓住一個人，將站在牆邊的一男一女推下去。

「你幹什麼……啊！」

男生跟同學都被推了下去，落地的震動聲讓孟露嫻害怕地抖了一下。

又有人死了，她又一次跟死神擦肩而過。

但讓人更羞愧的發生了，似乎是身體緊張過度的關係，孟露嫻感到一股濕熱從腿間滲出來，尿液的味道跟孟露嫻的恐懼、羞恥交雜，讓她恨不得自己消失。

「噗，嚇尿了！」男人看到地上的尿跟跪坐著的孟露嫻，發出更刺耳的笑聲，並一邊走進樓梯間。

叮咚！

孟露嫻口袋裡的手機響了，她拿出手機來看，自己的身分被轉為遊戲管理員，只要每天進遊戲房間，跟其他遊戲者聊天就可以了。

但是她漏尿的照片也被遊戲管理員拍了下來，如果亂來就會被公開。

遊戲管理員傳來的訊息讓孟露嫻更加心涼，她一邊哭一邊起身離開頂樓。

※

『當一個人的自殺透過八卦、報導、影片傳播出去，該地區的自殺率也會上升，例如某知名

演員自殺，許多粉絲也會跟著有自殘或者自殺的行為。社學學家認為，報導會誘導內心悲苦的人們，讓他們將自殺當作一種消除痛苦的選擇，並將此現象命名為「維特效應」。』

孟露嫻打開遊戲看著更新的內容，實際上，她的腦袋是一片空白。

此時的她坐在黑暗的教室裡，看著班上最常早到的同學打開門。

「哇！妳嚇我一跳，怎麼這麼早來？」

孟露嫻恍神地開口解釋：「我有事，就先到教室。」她說完就趴在桌上。

同學以為她不舒服，也沒太管她，把書包放好並整理好座位，慢慢地吃著早餐。

隨著時間過去，越來越多人到校，教室的空位都被填滿了。早自習的時間到，所有同學都坐回自己的位置上。

他們開班會時會把教室門都關上，孟露嫻看著同學們都就坐之後，搶先站了起來。

——我的時間到了！

不知道什麼原因，孟露嫻心裡突然出現了一個想法。

這個想法早在她開始玩遊戲時就像一顆種子埋進內心，當惡種隨著時間生根發芽，最後茁壯成邪惡的想法，她就找不到自己的善良了。

如果我沒辦法脫離遊戲，那就大家一起痛苦好了。

孟露嫻喃喃自語，「一起痛苦吧……大家一起。」

所有人都應該要陪我。

看到她站起來，老師問：「同學？妳要上廁所嗎？」

「一起，對！一起，這樣才對嘛！就是要一起啊！」

孟露嫻根本沒在聽老師說話，只是繼續喃喃自語。

周圍的人沒有聽清楚，「什麼啦？」、「坐下啦！」、「妳在幹嘛？」

孟露嫻突然抬頭看著這些人。

當她痛苦的時候，這些人憑什麼覺得無所謂？

老師為什麼不救我？

都是生活太無聊了，我才會碰那個遊戲！

無聊明明是大家造成的，為什麼只有我一個人承擔？

既然大家都不願意救我，那就一起到地獄好了！

經過這場遊戲，她的心態從好玩到憤怒，最後進入疲憊跟不甘心，更選擇把怨恨發洩到其他人身上。

她已經忘記自己當上遊戲管理員後做了什麼，只覺得一切都應該毀掉。

她對著全班大吼：「炸、炸彈的鑰匙，在我的身體裡！」她像想到什麼好笑的事般重複著，

「呵呵……哈、哈哈哈，在我身體裡！」

遊戲將惡種種進我的身體裡，而同學們很快就會撕開我的身體，也將那顆種子種到身體裡！

此時在外人眼中，孟露嫻的臉上帶著一種癲狂。

大家看著她拿出一張圖片，放在桌上，接著拿起桌上的美工刀。就在老師意識到她要做什麼時，她的眼神轉為凶狠，拿著美工刀往脖子刺下，然後毫不猶豫地往另一側扯去。

她的脖子瞬間噴出血，原本嘲笑她的聲音轉為恐懼的尖叫，以她為圓心，所有人都逃開，甚至有人撞倒了桌椅。

孟露嫻看著同學們恐懼的樣子，覺得可笑。脖子的傷口隨著她的動作噴濺出血液，最後她看著教室的黑板，徹底失去生命，倒在自己的座位上。

孟露嫻在這個座位上開始的無聊人生，在這個座位結束了。

——我終於從這個遊戲解脫了！

第四章　調查

愛妮莎失蹤九天後，依舊沒有她的消息，反而發生了國中學生自殺的事件。

現在不論哪一臺電視新聞，播報的都是同一則新聞。

『北部某所國中，有一名同學在課堂上突然自殺，懷疑是課業壓力過重。校方緊急壓制，但有人將學生的行為錄影，網路上已經開始瘋傳……』

林羽田此時正在警局，她跟哥哥林羽炎來調閱之前直播主自殘案件的資料。

她看到新聞上的校園畫面，眉頭突然皺起來。

林羽炎不解地看著自己妹妹，「怎麼了？」

「哥，你知道臺灣的拆彈小組編制只有十幾人的人力。」她看著警局裡的新聞，「剛剛的畫面卻有一輛黑色廂型車。」

現在的新聞畫面是學生家長們在抗議，但林羽田在一閃而過的畫面中，發現一臺全黑的廂型車。

車廂上的圖案類似警徽，但是代表嘉禾意義的稻穗中間，鴿子的圖案變成了一個魚雷圖案。

這個標誌代表著邢偵大隊之一，防爆小組拆彈專用的車子。

會看到這輛車就表示有炸彈，而車子停在校園這種人多的地方，光是想到可能造成的傷亡跟混亂，就讓人壓力巨大。

林羽炎問：「可是那個學生不是已經死了嗎？就算有什麼事件，也應該解除了吧？」

警察局長走出來，正好聽到林羽炎的疑問，「我們正在檢查所有教室，要確認其他地方都沒有炸彈。」

對林羽炎解釋完，局長將這對兄妹請進辦公室。

「有人在學校裡放置炸彈？」

「就是那位死去的學生放置的，整件事說來複雜。總之林小姐，你們老闆在不在？能不能幫忙我們？」

局長在外都是挺直端正的樣子，但是面對這個案子，他露出無力跟痛苦的臉色。

「請問要幫忙什麼？」林羽田詢問。

「這次的事情很緊急，防恐隊還在調查那個自殺的學生為什麼要把炸彈放在教室，還有炸彈的來源，因為我們不相信那個學生能做出炸彈。」局長看到兩人點頭後，繼續說：「但是她已經死了，所以我想請你們幫忙。」

地府調查中心可以調取人魂，所以他們希望能調出孟露嫻的靈魂來問。

「可是，不是派人去檢查了嗎？」林羽炎相信警方的蒐查技術，要找到炸彈的位置跟炸彈的來源應該沒有問題。

「確實如此。可是……雖然我們對外的新聞稿是自殺，但是調查時發現那名學生除了把炸彈帶到學校，還做了很可怕的事情。」

局長拿起電話吩咐了什麼，他的電腦螢幕就變成了學校的監控畫面。從分割的子母畫面可以看到，教室、走廊的人都疏散了，但是唯獨一間教室裡擠滿了人。

局長指著螢幕說：「這間教室就是案發地點。」

「就是那個學生先做了炸彈預告再自殺？」林羽田看到全班都坐著，只有一個女學生站著。

「對，而且他們看到同學自殺後，都不急著離開教室。」警察局長指著教室門口，「這個門沒有鎖，其實只要推開門都可以離開的，可是他們卻沒有人想到離開這個選擇。」

這樣的狀況很詭異。

局長指著講臺的位置，「這個是放炸彈的地方，有人還用手機錄下來。」

局長調出另一部影片，是某個人舉著手機拍攝坐在位置上的人。

林羽田看一眼就知道那個人死了，她也看到那個女生的上衣都被血染紅了，但是沒有人叫救護車，大家都撲到桌上去爭搶一張圖片。

接下來的畫面，林羽田覺得如果不是局長給她看的，她可能會以為自己在看奪魂鋸臺灣版，因為那些學生正討論著挖出來、沒辦法之類的事。之後，似乎確定了某件事，幾個男生突然如餓虎撲羊般上前，拿美工刀或剪刀上前把同學的屍體割開，似乎想要找到什麼。

他們最後找到了一把看似鑰匙的東西，就抓著這個衝到講臺，從講臺裡拿出一個小鐵盒，迫不及待地用鑰匙打開。

砰！

爆炸的聲音傳來，手機畫面移向講臺，一個看似小鍋子的東西炸開並落地，而另一個男生滿手是血地開門跑出去。

「我們人員檢查過了，這個炸彈是威嚇用的，如果炸藥裡填滿火藥，要炸毀整間教室是沒有問題的。」局長解釋。

「那你需要我們要做什麼？」林羽田不解地看著局長。

局長有些侷促不安，「其實我們不該相信怪力亂神的，只是局裡的顧問想問問那個學生……想要用招那個的方法，妳懂得。」

他給林羽田一個「妳知道」的眼神。

雖然警察不該相信怪力亂神，但是把地府犯罪調查中心當成顧問，私下合作一些案件還是允許的，只要不跟錢、權有關，其實大部分的人不會注意到。

林羽田點頭，「局長是希望我們找那名學生來問話。」找死者的靈魂問話，是地府犯罪調查中心的常態。

局長看她明白了，繼續說：「對，一來，我們想知道她為什麼要這樣做，二來……」局長不好意思地問：「你們有沒有收驚的業務啊？最好是失憶的那種。」

那群學生的狀態都不太好，或許只能求助民俗的辦法。

林羽田冷靜地說：「這點我會跟BOSS講的。」

她遲疑地看了眼林羽炎。

說到收驚跟消除記憶，她就想到了楊雅晴在幼稚園改名的事情，並且對自家哥哥過來調查中心的目的產生疑問。不過她選擇先調查清楚自殺的事件，之後有時間再詢問林羽炎。

林羽田跟局長要了一份資料。

「其實我們這裡很久沒有發生這種事了。」局長一邊找資料一邊說：「尤其是這麼慘烈的死法。」

林羽田思考起來，「一般人想自殺，大部分都會找可以死去的地點。要在這麼多人面前這樣做，需要很大的勇氣並抓準時機，更別說那個炸彈的來源了。」

「對！我們也在調查炸彈，很難想像一個國中生能做出這種事。」局長一邊說一邊疑惑，「奇怪，我記得資料在這裡，是那個誰整理起來的？不然等等我一併傳給妳好了。」局長已經整個人快鑽進資料櫃了。

「好的，局長再見。」林羽田離開警局。

林羽炎看到兩人談完，也點頭後跟著離開，兩人回到地府犯罪調查中心。

拿過資料，林羽炎大略看過女直播主的背景，林羽田則打開她的影片，大家聚在會議室討論這兩起案件。

「那個女主播滿普通的，看不出奇怪的地方。」楊雅晴看著女直播主說：「影片內容都是日常生活跟賣商品。」

林羽炎卻皺起眉，「其實這樣滿奇怪的，一般來說，想死的人會有個厭世的過程，可能是在生活上受到打擊，然後變得憂鬱、少話、減少社交跟飲食，或者暴食。」

聽到他這麼說，那個女主播反而顯得過分正常。

楊雅晴提出自己查到的內容，「失戀算嗎？她的社群上有寫。」

就是那種幾句話配上圖片，下面引來一堆人留言安慰的內容。

「這種直播是給粉絲看的，對吧？」Pink看了一下影片，「如果某個醜八怪裝成粉絲，就可以透過直播監視她，對她下自殘的命令吧。」他雙手抱胸靠坐在椅子上，眼裡露出一點擔心。

「但也不知道是誰吧？畢竟看直播的人這麼多，如果有愛妮……」

多恩意識到自己說錯話，突然安靜下來。

如果有愛妮莎的能力，他們早就查到對方是誰了。但是愛妮莎消失了，到現在也沒有消息。

楊雅晴聽到多恩提到愛妮莎，有些心虛地看向旁邊。因為她雖然收到了可能找到愛妮莎的遊戲，在遊戲中卻沒有任何進展，她也不想提出來，就怕再被白菱綺看不起。

特林沙問：「羽田，妳那邊有什麼新進度嗎？」

林羽田拿出孟露嫻的資料，對特林沙報告：「剛剛去警局時，我遇到了局長，他說有個學生預告有炸彈後就自殺了，警局那邊希望調查中心能協助處理，詳細資料還在等他們傳過來。死者名叫孟露嫻，是就讀本市的國中生，她在班上做出炸彈宣告，提前把炸彈放到盒子裡，並將鑰匙放入身體，之後提供了一張X光片，好讓其他同學只能剖開她的屍體拿出鑰匙。」

「炸彈？」多恩看著投影幕上的資料，這在臺灣是比較少見的案件，「在臺灣大部分都是氣爆案吧？」

林羽田播放從局長那裡拿到的影片。

只見一群人爭搶著把屍體開膛剖肚，只為了拿到鑰匙。大部分的人都露出激動焦慮的反應，直到一個男生徒手從屍體裡拿出一把血淋淋的鑰匙，然後衝到講臺打開什麼東西，最後一聲爆炸讓所有人發出尖叫。

楊雅晴看著眼前的畫面，眼眶發紅，手緊握著，內心害怕又想吐。

白菱綺看到炸彈的威力後，忍不住說：「這與其說是毀損屍體，不如說是心靈的炸彈吧？」

「怎麼說？」林羽炎有趣地問。

白菱綺聳肩，不以為意地說：「讓那群學生看X光片，用意是標示出鑰匙在體內的位置吧？要親手破壞一具屍體，從裡面拿出鑰匙——而且屍體前一刻是還活著的同學，卻突然自己割喉而死，這種事連成人都很難承受得了，更何況是一群國中生啊。」

多恩忍不住說：「對那些孩子而言，根本就是心靈的爆擊。」

「那個炸彈的意圖不是傷人。」白菱綺肯定地說：「不論是動手的人還是觀看的人，這些畫面都會造成強烈的衝擊，對於情緒掌控能力還不穩定的青少年們來說，這是一種巨大的心靈創傷吧？」

事實上，楊雅晴的臉色現在就不太好看了，更何況是青少年。

又一次看到屍體，讓她開始雙手發抖又頭暈。她很希望自己能冷靜下來，但身體卻對屍體感到恐懼而顫抖。

她放在桌子下的手死命握成拳，指甲刺進肉裡的痛楚卻很晚才傳來。

Pink看著影片吐槽，「不過，沒有人想過要離開教室嗎？」

連坐在門口的學生也沒有往門口移動過，這種反應真的很奇怪。

多恩也看著影片疑惑，「對耶！要是這個會議室裡有人說有炸彈，我也是先閃再說。」

楊雅晴摀著嘴，嚥下湧上喉嚨的酸液說：「可能門口有幾個人按著門吧？感覺是很壯，是他們打不過的大人。」

她講完，發現會議室裡的其他人都瞪著自己，這才意識到自己又看到了別人看不到的東西。

特林沙問：「所以四個門口都站著人嗎？」

楊雅晴點頭，「對，不過那些人除了守著門，沒有其他動作。」

林羽田看了影片又問：「孟露嫻的靈魂呢？她站在屍體旁邊嗎？」

楊雅晴愣了一下，轉頭看著影片確認一下才說：「對耶！沒有看到她。」

「教室的角落呢？」白菱綺追問。

「沒有，至少影片裡都沒看到。」楊雅晴很肯定，但是之後她又轉為疑惑，這樣很奇怪吧！照理來說，剛死亡的人靈魂應該在屍體附近，但是孟露嫻死亡之後，就只有屍體在位置上。

這讓她想到了陳滿華，也是死亡後靈魂不在身體旁的狀況。

「其他人先休息，我去查一下孟露嫻的靈魂。」特林沙說。

白菱綺看著投影幕，指使自己的手下把畫面調到能細看孟露嫻的屍體。

楊雅晴看到感覺很不舒服，起身離開了會議室。

※

廁所裡面傳來嘔吐聲。

「嘔——」

楊雅晴一手撐著牆壁，用手指頂著自己的咽喉，使身體因為想要排除異物而嘔吐。

她今天沒有吃什麼東西，但是這樣乾嘔之後，她感覺腦袋清醒了一點。

這已經不是她第一次看到屍體了，但是看到其他人挖開孟露嫻的屍體，那些人臉上的恐懼跟猙獰再次提醒了她，這世界上有某種可怕的惡意存在。

她生理上的不適不斷加劇，越是想要壓抑就越嚴重。

她更發現其他人都能如常看待、討論案件，自己的接受程度卻比其他人還差，甚至因此感到自卑跟自我厭惡。

為什麼我不能跟他們一樣優秀？

為什麼只有我這麼差勁？

楊雅晴覺得自己比其他人更糟。當初是她自願待在地府調查中心的，現在卻懷疑自己當初做了錯誤的決定。

更別提白菱綺有意無意的比較，讓她更厭惡眼前軟弱、毫無能力的自己。

她看著鏡子裡的自己。

不夠敏銳、反應差，甚至拖累其他同事，唯一支撐住她的是一點不甘心，不甘心有資格站在林羽田身邊的人不是自己。

她卻也因此對戀愛腦的自己感到更羞愧，怎麼可以帶著私心去面對那些事物呢？

如果我可以變得更厲害，甚至更聰明，會不會一切都會不一樣？

如果我能把愛妮莎帶回來，是不是同事們就會對我刮目相看了？

還是我應該離職，回到那個普通又安全，而且不必剖析死亡原因的環境？

那才是我這種平凡人應該去的地方？

楊雅晴看著鏡子裡表情茫然的自己，或許是壓力導致她過度自卑，她突然有點不知道自己下一步該怎麼做了。

十分鐘後，會議室裡的白菱綺問：「話說，那個楊雅晴是跑去吐了嗎？怎麼這麼久還沒回來，該不會在偷懶吧？」

林羽田聽到，起身走去廁所，馬上在裡面看到臉色蒼白的楊雅晴。

「妳還好嗎？」林羽田想碰楊雅晴，卻被她閃過。

楊雅晴低頭洗手，「我沒事。」

但其實她只要想到跟屍體有關的畫面，還是會反胃得受不了。

「別管我。」她對林羽田擺擺手，搖晃地走出廁所。

林羽田的語氣越溫柔，她就越自卑，更感覺自己不配得到這份關心，甚至覺得林羽田也在瞧不起她，只是沒有說出來罷了。

林羽田雖然察覺到了楊雅晴不舒服的情緒，但沒有追出去，只看著楊雅晴離開的方向，心裡十分難過。

——妳可以更依靠我啊！

但楊雅晴並不知道林羽田的想法，她剛走出廁所，就被白菱綺攔住去路。

「原來妳躲在這裡啊！妳不是在調查中心工作，沒見過屍體嗎？」她露出嫌棄的表情批評，「這樣妳還想要當小田的伴侶嗎？」

「什麼伴侶？」楊雅晴下意識地閃躲這個話題，「我先回會議室了。」

白菱綺再度攔住楊雅晴，直接說：「妳想當林羽田的伴侶吧？」

楊雅晴看著她，「我……我幹嘛要跟妳講？」

從這個女生出現的第一天起，她就很討厭她。

討厭她跟林羽田的親密，討厭她比自己更熟悉林羽田的世界。

白菱綺有自信地說：「妳不敢承認，但是我敢！我想當林羽田的伴侶。」作為林羽田的伴侶可是有好處的，尤其是她追緝鬼魂的優秀實力。

楊雅晴咬了一下唇，之後問：「妳喜歡羽田嗎？」

「當然啦，她能力這麼強，哪像妳。」白菱綺從不掩飾自己的心意。

「我雖然沒有很強，但也是有在努力的！」楊雅晴強調。

「就憑妳的能力，有什麼資格在林家的家主身邊？」白菱綺毫不客氣地貶低她。

「什麼家主？家主不是她哥哥林羽炎嗎？」楊雅晴感覺白菱綺比起喜歡林羽田這個人，好像更在乎她的身分。

「妳不知道林家有人反對林羽炎繼承家主嗎？那妳還喜歡……啊！該不會妳是同性戀吧？」

白菱綺似乎這一刻才理解楊雅晴的出發點跟自己不同。

「妳也是女生吧！」楊雅晴不懂白菱綺跟自己有什麼差別。

白菱綺卻故弄玄虛地說：「妳確定我是嗎？」

楊雅晴不懂她的意思，只覺得她們都是喜歡林羽田的人，「就算我是同性戀好了，妳也喜歡羽田不是嗎？那妳也是同性戀吧？」

白菱綺沒有回答楊雅晴的提問，反而看著她，由上而下地掃視一圈，「反正我的能力一定配得上羽田，但妳不配。」

這句話狠狠地傷到了楊雅晴，她握著拳，卻又無力反駁，最後轉頭快步離開。

林羽田走出廁所就聽到了這句話，但她剛想開口反駁，楊雅晴就離開了。

忍了好幾天，林羽田對白菱綺的行為不滿到了極點，她轉頭走到白菱綺面前說：「我們之間的事情與妳無關。」

白菱綺看著她，「她的能力根本就配不上妳，我才是能與妳比肩的人。」

「不，妳只是想要一個配得上自己的物品。」林羽田直接說破白菱綺的意圖。

「如果我真的只是想要配得上自己的物品，幹嘛不選擇林羽炎？」白菱綺故作輕鬆地問。

「妳要的是林家的家主，而且林家的其他成員確實有提議過，要我繼承林家的家主之位，但是我告訴妳，我對家主的位置沒有興趣，在我心裡，我哥林羽炎才是林家的正統繼承人！」

有些人以為她哥哥徒有占卜的技能，沒有防身能力，但其實占卜就是全知，根本就比林羽田強幾百倍，況且她雖有戰鬥能力，但是大局觀上，林羽炎才是最優秀的那個人。

白菱綺不甘心地看著她，但也確實如林羽田所說，她看上林羽田的原因，是因為她打探到林家對林羽田的重視，也認為林羽田的能力應該收為己用。

白菱綺的眼睛轉了一圈，突然說：「那林家的族老能接受妳的選擇嗎？一個能力並不出眾的普通人。」

「我自己的事情不用別人來判斷。」林羽田冷漠地說，但語氣明顯有幾分動搖。

白菱綺直白道：「那妳又在拖延什麼？直接告白啊！」接著像突然想到了什麼，「喔！妳不敢行動，對吧？」

白菱綺想到某種可能，逼近林羽田，「她還沒有完全想起來對吧？只要她想起過去的事情，越靠近真相，能力就會越弱，所以妳害怕她失去能力吧？」

白菱綺查到了林羽田為楊雅晴改名過的事。她認為林羽田是害怕楊雅晴會因此變成凡人，因為在她的想法裡，凡人是最弱小無力的存在，是修煉者最想避免的樣貌。

林羽田不想對白菱綺解釋，她讓楊雅晴改名的原因就是想要壓制她「淨眼」的能力，但現在隨著楊雅晴想起越多過去，「淨眼」的能力變得越強，而且還有另一件讓她難以啟齒的理由。

林羽田出手扣住白菱綺的肩膀，低聲警告，「反正，妳不、要、多、事。」她態度凌厲地警告白菱綺。

白菱綺看林羽田是真的生氣了，才稍微收斂一點。

此時躲在轉角的楊雅晴摀著嘴，不讓自己發出任何聲音、氣息。

楊雅晴原本想聽白菱綺講出自己應該想起什麼，但因為站得遠，她沒有聽到林羽田的回答，只聽到白菱綺說林羽田是害怕自己失去能力，令她有些失落地回到會議室。

不久後，特林沙帶來的消息也令人沮喪，「地府沒有收到孟露嫻的靈魂。」

「如果靈魂沒有到地府報到……」林羽炎猜測，「那會去哪裡？一般鬼魂死亡後就是待在遺體附近，或者等待生前的信仰儀式引導，不可能亂跑吧？」

「除非有人把靈魂帶走，就像陳子泉操縱余曉妍跟其他人的靈魂。」林羽田接著推理下去。

「之前的資料說過，這不是第一起靈魂消失的事件了，如果加上女直播主跟孟同學，靈魂消失的數量滿多的。」林羽炎補充。

多恩疑惑地問：「如果有一個類似陳子泉的人要把這些靈魂藏起來，是不是需要一個滿大的場地？」

會議室的人都看向她。

第五章　遊戲

時間回溯，當愛妮莎點下網頁，從調查中心消失之後。

在道場的房間裡，男人守在筆電前面，看著手機裡的文件。

「原來你幹過這種事情啊。」

他看是徵信社對某個人的調查簡歷，接著他看到了文件中的照片。

當手機螢幕暗去，上面映照出來的長相跟照片一模一樣。

「不錯嘛，陳子泉。」他微笑起來。

他附身到這具名叫「陳子泉」的人身上之後，就開始從他身上找尋自己可用的人脈跟場地。有了身體就需要吃飯，也需要一些資金跟玩遊戲的場所，陳子泉也沒讓他失望，記憶中，他對某種道法的痴迷可以延伸到童年的經歷，而他學習道法的地方就是這個道場。

若他想要重新啟動遊戲，除了場地之外，還必須想想該如何讓人們參與遊戲，而陳子泉的記憶中有個叫楊雅晴的同學，似乎是一個不錯的實驗對象。

他開始偷偷跟蹤楊雅晴，直到看到另一個小女孩陪她去眼科。

記憶跟身體產生了劇烈的反應，他閱讀過記憶後才知道，那個叫愛妮莎的小女孩就是他的機會！

他要以陳子泉的名義，重新開始自己的遊戲。

※

愛妮莎在那群鬼魂的監視下，在黑暗的空間裡埋頭拚命打字，用程式碼來製造需要的物品。那些鬼魂除了阻止自己逃離這個空間之外，不會管她怎麼要使用這個空間的物品，只會偶爾喃喃自語般的反覆強調，「妳怎麼可以忘了我們？」、「妳欠我們。」

「我沒有欠你們！」愛妮莎說完，發現鬼魂們依舊面無表情，還是繼續說她虧欠祂們。

「我不……吼！算了。」

發現沒辦法溝通，愛妮莎轉而關注起這個空間。

她可以用意識控制那些小方塊，將小方塊組成她需要的物品。

一開始小方塊是手掌大小，她可以縮小到如髮絲一樣細，然後試著用無數個小方塊組成她想要的東西，一個面或者具有體積的東西，她甚至創造了電腦跟鍵盤、滑鼠、網路線等等，一切她需要的東西都可以用這個小方塊完成，然後使用這些工具創造更多東西。

現在那個人跟自己的對話，已經變成一個在她「電腦」中的對話框，網路的連接則用自己的能力解決。

愛妮莎想逃避鬼魂們的注視，她寧願面對螢幕另一端，不停催促她設計一款遊戲的人。

『妳很擅長電腦對吧！我有看到，這是妳的專長！』

「是又怎麼樣？」

創造遊戲對愛妮莎而言很簡單，什麼對話框加上自動抓取圖片的ＡＩ都是信手捻來。但這些只是遊戲的架構，真正讓人討厭的是對方的故事腳本。要做出遊戲架構，她必須先看過故事的腳本，而讀完腳本的內容，愛妮莎覺得對方就是個變態。

『我知道妳是誰。』

「哦？我是誰？」愛妮莎挑眉問。

『一九八〇年，虛明上師買下了一塊空地蓋道場，還布置了場地。其中水晶洞、桌椅裝飾、裝潢都花了高價，唯獨那個水晶洞裡的東西，不是買來的。』

他看著電腦，另一端的愛妮莎也看著螢幕，兩人身處於不同空間，卻像在面對面對峙。

愛妮莎還想狡辯：「說不定是別人送……」

她還沒說完就被打斷。

『混沌之女，我們就別浪費時間了。』陳子泉看著螢幕快速輸入文字，**『當初妳的出生吸收那麼多人的生命，現在妳該還債了。』**

愛妮莎還想掙扎，但她的手指放在鍵盤上卻無法按下，因為她背後的眾多鬼魂拉住了她的手，鬼魂的絮語雜音鑽入她的腦海，打斷她的思考。

「妳怎麼可以忘記我們。」

愛妮莎被鬼魂抓住四肢。

那些鬼魂突然可以動了，她雖然意外卻不恐懼，因為鬼魂抓住她也沒用，這具身體其實只是表象，就像Pink幻化為人一樣，她只要解構自己的身體……咦！

「我的身體？」為什麼不能逃脫那些箝制？

「妳逃不掉的，我的女兒。」

黑暗中出現了一個人，是虛明上師的樣貌，但是整體飄散著黑霧，像影像被模糊過一樣。

這是對方從某人記憶中抓取的，會那麼模糊則是因為記憶者不在乎對方的形象。

愛妮莎對著那個人說：「你不是虛明上師，你是誰？」

虛明上師只是普通的人類，但眼前的人帶著跟自己類似的黑暗氣息，況且虛明上師對自己總是恭敬地祭拜，不可能稱她為「女兒」。

「之前我們在山上見過。」

這句話提醒了愛妮莎。

那時BOSS帶大家去山上露營，她在一個湖邊曾感受到召喚。

「為什麼你會在這裡？」愛妮莎的內心有太多疑問，但還沒等到對方回答，背後的鬼魂們已經等得不耐煩了。

「妳不可以忘記我們，因為妳欠我們……」

這是妳欠我們的、這是妳妳妳欠我們、欠我們的的的、妳欠欠欠欠我我們的、欠我們、妳欠的、是妳、是妳、是妳、是妳喔！

嚶——

耳鳴的聲音壓過了那些雜亂可怕的聲音，愛妮莎憤怒地站起來，「你們亂說！」

「我們付出了生命。」

鬼魂們圍住愛妮莎，堅定而冰冷，如同一道牆困住愛妮莎。

愛妮莎想要使用能力，但周圍的黑霧圍住她，像吸走了她的力量。

「我不……」

愛妮莎第一次感到恐懼，她正面對著無可抵抗的力量，腦袋拚命提醒自己這裡不安全。

——是我們成就了妳，妳就必須回報我們！

生命已付，交易已成。

愛妮莎感到窒息、渾身顫抖，但她無處逃脫，鬼魂們的手都搭在她的脖子上。

她不肯就範，眼前陷入一片模糊。

就在她以為自己會死去時，鬼魂放開她，使她狠摔在地上，黑霧卻補上鬼魂的位置，甚至鑽入她的口鼻。

黑色的能量進入她的大腦，愛妮莎猛然睜開眼睛。

此時，她與人類相似的眼球上血管逐漸染成黑色的，彷彿有意識般鑽入瞳孔，她的瞳孔猛然收縮，黑霧順利鑽進她的眼底後消失。

愛妮莎似乎受到黑霧的控制，她不再疑惑對方的身分，反而從地上爬起來，看著眼前的對話框問：「你想要我做什麼？」

雖然愛妮莎停頓了很久才回覆，還突然改變態度說願意幫自己，但陳子泉不在乎她的轉變，他只想快點開始遊戲。

『我要做一個死亡遊戲。』

「死亡遊戲？」

『人都有自毀的衝動，只是沒有打開那個開關而已，我要打開那個開關。』

「這樣啊！你要人們死亡……」

這句話直接從陳子泉背後傳來。

若是一般人早就嚇到了，但他也是附身在這具肉體上，才能用陳子泉的名字重新開始的。

陳子泉直接承認自己的意圖，「對，就是要大家都體會死亡的感覺。」

他覺得連這種神祕的力量都願意幫助自己，那就表示自己並沒有做錯，他設計的遊戲沒錯，是其他人錯了。

他甚至有個猜測，愛妮莎會願意幫自己，可能跟這個聲音的主人有關，但是他並不在意，只要能達到自己的目的就好。

他背後傳來聲音主人的回覆，「那死後靈魂就給我吧！那些死亡之後的產物是很好的材料。」

陳子泉同意與聲音的主人交易，他只想看那些墮落的人掙扎痛苦而死，其他靈魂之類的，他根本不在乎。

果然，電腦裡的愛妮莎開始動作起來，雙手落在鍵盤上，眼睛直盯著螢幕。

很快，遊戲的場景出現在她的背後，陳子泉也透過對話框提出需求。

※

這幾天他一直在學習現代社會的內容，其實除了更便利跟科技提升之外，人們的需求還是沒有改變。

「遊戲」，依舊是最讓人輕忽的包裝。

渴望被肯定的年輕族群把迷茫活成本質，沒有任何防備，他發現只要用某種節奏就可以操弄他們，並透過遊戲將那些人的心靈塑形汙染。

加上黑暗力量的襄助，他的遊戲很快就有了口碑，他看向自己手邊的瓶子。

因為他甚至抓到了某個作家的靈魂碎片來創造故事，遊戲很快就骨肉豐盈起來。

他小心地避開了成人會注意到的內容，叛逆期的少年們會替他遮掩惡意。

網路是個比現實社會更有傳染力的平臺，而現代人比他的時代更忙碌，甚至沒有時間注意孩子們觀看的東西。

一切都非常順利，他的遊戲也開始蠱惑那些年輕厭世的靈魂。

他沒有注意到現實空間的怪異，在電腦螢幕光線的照射下，背後的牆上映著陳子泉的影子，這時卻突然扭動一下，居然產生如漣漪般的波動。

一個巨大到能遮住整個牆面的陰影，就這樣緩緩蓋過陳子泉的影子，然後經過一段時間才從漸漸減少面積，最後消失在牆面上，獨留陳子泉的影子。

光是影子就如此巨大的生物經過了這個房間，陳子泉卻渾然不覺，因為他正欣喜於自己的遊戲成功收割了一批生命。

※

因為要去調查中心討論案件，楊雅晴在遊戲中的調查進度一直斷斷續續，但她始終沒有放棄這個遊戲，而且想要從那些任務中找到跟愛妮莎有關的線索。

遊戲內的環境跟許多遊戲一樣，有個功能列表、物品欄等等，甚至拍照後甚至可以生成一個跟自己差不多的遊戲人物。

楊雅晴操縱遊戲人物去探索世界，解開一些簡單的劇情，在黑暗風格的場景內探索每個可以互動的物品。

除了桌上那張寫著許多規則的工作守則，還有幾張剪報被壓在桌墊下面，上面的標題讓人觸目驚心。

『聖師離奇自殺，駭人聽聞的道場密事』

『校園炸彈自殺案，同學慘死，多人求助醫療』

『知名影音APP再現自殘遊戲』

『家暴的傳承』

楊雅晴看著桌上的剪報，猜測自殺會不會是死者的死因？

她看著報導內容時，突然注意到報導中的某些詞被人標註了記號。她將這些標註了記號的詞整理出來。

「道場、知名影音APP、遊戲、沐月儀式、家庭複製?」

其中，沐月儀式被特別標註起來。

楊雅晴仔細閱讀那篇採訪的內容。

『……聖師表示每晚都會舉行沐月儀式，內容是拿杯子裝水後放在桌上，透過水中的倒影，即使不離開建築也可以看到月亮。聖師會對著月亮祈禱，之後就能看見平常看不見的盲點。另外聖師也會……』

楊雅晴沒有再看下去，只是順著文章想到水杯，這個遊戲場景裡正好有一個。

她看著時鐘，正好接近下班的下午五點。原本這時間點她都會進去裡面的房間休息，但這次她選擇去拿那個水杯。

神奇的是原本她以為是背景、拿不起來的水杯，此時被她輕鬆地拿起來了。

她將水杯擺到門口最邊緣的位置，透過裡面的水，真的看到了天空的月亮，但是月亮上有個蓮花圖案。

這個圖案像是暗示，她看著四周想哪個地方有這種圖案——

「啊！」是喪禮的簽到簿。

她走到簽到簿前翻開，原本模糊的簽名在她眼前，從三個字的名字變成了一格一格的圖片。

「這是什麼?暗示嗎?」楊雅晴順著遊戲引導看著圖片。

第一格，是一個人看著靈桌，上面的香灰有圖案，卻被祭拜者的頭擋住。

第二格，那個人正在和一群貌似師父的人說話。

第三格，那群師父在對亡者誦經，那個人卻拿起餐盤。

第四格，那個人從餐盤下拿到鑰匙。

第五格，一隻手在開保險櫃，那密碼鎖上面刻有小小的圖案。

第六格，有人來弔唁的模樣，但眾人中只有一個人全身穿著黑衣。

第七格，黑衣人走進門，手拿著鑰匙往門鎖伸去。

楊雅晴看完所有圖片，想要重覆看時，所有圖案突然消失了，遠處傳來咚的一聲。

她發現遠處的水杯倒了，裡面的水流光，杯子也破了一角。她上前拿起來，發現杯子應該不能用了。

那七格圖片應該就是遊戲通關的提示。

楊雅晴回想著圖片，有了一個計畫。

第二天，她無視規則，不清理香灰，果然香灰中出現了文字，是「盛讚」兩字。

她記下後，才將香灰處理好，然後等誦經的師父過來時，她行禮後說出香灰中的那兩個字。

這次師父們沒有離開，就像接收到了暗號，到靈桌前開始誦經。

時間來到中午十二點，是捧飯的時間。

楊雅晴去捧飯的地方，這次也沒有按照規則，而是按照顏色把白色積木當成飯、綠色積木當成菜、紅色積木當成肉擺好，然後放到靈堂前。

那群師父並沒有阻止她。

但她把餐盤放下，卻感覺到底下壓到了東西，她拿起來一看，發現是一把鑰匙！

收起鑰匙，楊雅晴又開始等待時機。在這期間，她數了一下花的數量，然後跑到停靈房的保險櫃前。密碼鎖上的四個圖案剛好對應到花朵的品種，例如菊花有三朵，她就在刻有菊花圖案的地方輸入「三」。

她順利解開密碼鎖，打開保險櫃——卻發現裡面什麼都沒有！

她伸手摸了一下，發現裡頭有個塑膠材質的東西，拿出來看了看，「這是什麼東西？」

那是一張A4大小的透明墊板，上面除了一個紙張大小的框線外，有幾個地方被塗著螢光筆。

她不懂為什麼要給她這個東西。

「這可以破解什麼嗎？」

前面的師父還在念經，她把那塊東西放到桌上，想去做別的事，卻發現桌上的工作守則跟這塊透明墊板似乎可以疊合。

她把墊板放到工作守則上面，墊板上的線跟工作守則上的線疊在一起時，螢光筆剛好可以蓋住四個字。

虛、明、上、師。

楊雅晴十分疑惑，但這時周圍又來了弔唁的客人。她翻開簽到本，指引對方簽名時，赫然發現自己的角度就是第六格圖案的場景。

「哈哈、哈哈哈哈。」

「嘻嘻！」

「她發現了！」

「危險哈哈哈……太危險了！」

人群發出詭異的笑聲，楊雅晴感覺後背涼了一下，但很快，她注意到有黑衣人悄悄離開。

「等等！」

她意識到必須跟著這個人走，所以緊急撕下守則的右下角圖案，追著黑衣人走出靈堂。來到旁邊的馬路時，之前她踏不出去的範圍，此時卻可以順利通過了。

——一定要追上那個人！

楊雅晴緊跟著那個黑衣人，一陣左彎右拐後，黑衣人跑進一個房間。她也跟過去，但眼前是一扇緊閉的門。

她拿出在餐盤下發現的鑰匙，用鑰匙打開門。

現實中的楊雅晴操控著遊戲，打開門後看到畫面突然搖晃模糊，眼前的景象也跟著扭曲。遊戲中的角色踏入門內，她的身體也不受控制地往前傾，甚至有種踩不到底的感覺。

她一眨眼往下看——她的腳底是空的！

意識到這件事情時，她已經來不及穩住身體，就這樣跌進門後，掉入黑暗的深淵。

楊雅晴緊張地護住自己，幸好身體沒有感受到任何撞擊，但是讓她絕望的是爬起來後，她回到了遊戲中的靈堂，而且場景變得更詭異。

整個靈堂空間不再乾淨明亮，如常見恐怖遊戲的骯髒場景，甚至有些地方飄出黑霧，彷彿有東西會跑出來一樣。

停靈房內，原本的冰櫃變成了棺材，但棺材不斷震動，宛如裡面的人想要跑出來。

她害怕地掃視周圍，突然發現多了一個場景。除了靈堂跟停靈房，旁邊又多了一個門，她走過去推開那道門——

※

此時的愛妮莎依舊處於那個空間。

她不再使用電腦了，因為混沌進入她的意識後，她不需要輸入程式碼，這個世界就可以隨著她的心意變化。

愛妮莎坐在黑霧形成的王座上，現在的她可以利用混沌的力量隨意連通夢境跟意識，也因為這樣的能力，她設計出來的遊戲房間可以連結至遊戲玩家的意識，讓遊戲成為無時無刻都如惡夢的存在，甚至都不需要手機就可以影響他人。

混沌給她的內容越多，隨著時間流逝，她的理性也開始大於感性。她開始計算每件事，也不再執著於想要回到地府調查中心。

這樣一來，她在遊戲中保留的後門也沒用了，因此她控制遊戲場景，將楊雅晴的意識帶過來，因為她有話要請楊雅晴轉達。

「我等妳很久了，楊雅晴。」愛妮莎說。

楊雅晴原本還防備門後會有什麼怪物，直到她看到愛妮莎！她驚喜地想跑過去，卻被黑霧纏住腳。

楊雅晴一邊掙扎一邊問：「愛妮莎！妳被困住了嗎？被這些東西……」

但她發現黑霧並沒有要傷害她，只是想制止她再往前。

愛妮莎沒有任何親近的態度，只是語氣冰冷地說：「雅晴，我要妳幫我轉達一件事給調查中心。」

「什麼事？」

「你們不需要來找我了。」愛妮莎語氣冷淡地說：「我還有事情沒做完。」

她要完成混沌給她的任務，如果沒有完成，就不能離開這裡。

楊雅晴不解地問：「為什麼？」

但愛妮莎不打算對楊雅晴解釋，「總之就是不需要了。」

楊雅晴擔憂地說：「妳到底在哪裡？我們現在有新的事件，需要妳回來幫我們。」

「我不能回答。」

「那、那妳跟BOSS的契約呢？」

「無法回答。」

楊雅晴不理解，但是她想靠蠻力帶走愛妮莎，「那妳跟我回去！」

有一瞬間，她掙脫了腳上的黑霧，拚命往愛妮莎的方向跑。

她看到愛妮莎伸出手，以為愛妮莎是要拉自己一把，卻被一股力量推開。

「不！愛妮……」

楊雅晴極力伸長手，卻始終沒辦法碰到愛妮莎，甚至有股力量迎面襲來，她下意識地伸手格擋，但身體一晃，她睜開眼——發現自己正坐在床上！

我剛剛是睡著了嗎？

楊雅晴確認著自己是在夢境還是現實，但很快，房間外面傳來一陣腳步聲。

她的房門被打開，媽媽皺著眉問：「小晴，妳還沒睡嗎？」

楊雅晴意識到自己剛剛好像夢遊了，「媽，我做惡夢了，抱歉。」

「這樣可能會吵醒弟弟，小聲點。」媽媽說完，打了個哈欠。

楊雅晴有點緊張地催促，「好，我沒事了，媽，妳回去睡吧！」

媽媽確認她不會再吵鬧才走出房間，「明天妳回去時也小聲點，別吵醒妳弟了。」

「好。」

楊雅晴關上房門，等到腳步聲越來越小，她才開始思考自己剛才是做夢，還是真的遇到了愛妮莎。

而且，這件事應該要報告給特林沙知道才對。

因此隔天早上，她去調查中心後，馬上跟所有人把自己的夢境詳細描述了一遍。

特林沙問：「這是妳的夢境？還是真的遊戲？」

「遊戲，但是跟那些自殘的人下載的不一樣，當我破關到第二層時，不知道為什麼昏睡過去，然後夢到了愛妮莎。」楊雅晴遞出寫著關鍵字的紙條，「最主要的是『虛明上師』這個詞。」

在一旁聽著的林羽田還在想「虛明上師」這個名字有點耳熟，這陣子都待在調查中心的白菱綺開口：「妳有這個線索，為什麼不早說？」

楊雅晴很早就收到趙問言送來的遊戲邀請，卻沒有告訴其他人這件事，讓白菱綺很不滿。她原本是為了調查地震才來調查中心的，被一些命案插隊已經很不高興了，林羽田居然還選擇楊雅晴不選自己，讓她更加不滿。

楊雅晴看著她解釋：「我想先確定真的有關聯再講。」

「明明是想搶功吧？這也正常啦，畢竟……」

白菱綺還沒講完，就被林羽田打斷。

林羽田用黑弓的弓弦抵著白菱綺，彷彿只要她再講一個字，就會用弓弦割破她的脖子。白菱綺可以看到她眼中的狠意跟威脅，脖子上更傳來刺痛感。她雖然沒再講下去，但表情還是帶著冷笑跟挑戰。

楊雅晴終於受不了白菱綺不停貶低自己，壓抑著怒氣開口承認：「對，我是調查中心裡最普通的人類，沒有後臺也沒有能力，但是你們這些有能力跟後臺的人，又有哪個人找到愛妮莎？」

白菱綺聽到她的話，臉色才真正沉了下來，「不知好歹的……」

氣氛瞬間沉重起來。

特林沙走到白菱綺面前，也帶著威嚴的語氣開口：「羽田，妳帶著雅晴去查一個叫虛明道場的地方，愛妮莎當初是在那個道場出現的。」

「是。」林羽田走到楊雅晴身邊，牽起她的手，想將她帶離開現場。

但楊雅晴停下腳步，回頭問特林沙：「BOSS，所以我玩的遊戲跟愛妮莎有關連嗎？」

特林沙點頭，「從妳的夢跟目前的狀況推斷，兩者是有關連的，當時道場的主人是叫虛明上師的男人，愛妮莎就是在他的催化下出生的。既然妳在遊戲中看到那篇報導，那很可能就是愛妮莎製作遊戲的，她希望妳把這個訊息帶給我們。」

「原來是這樣！」

楊雅晴還想問愛妮莎為什麼不願意回來調查中心，但馬上就被林羽田拉走了。

「我們走吧。」林羽田又催促一聲，楊雅晴才跟著林羽田離開。

白菱綺瞪著兩人的背影，想追上去卻被特林沙擋住。

她瞪著特林沙，卻不敢冒進，雙手甚至規矩地放在腿上，有些不甘心地說：「那個楊雅晴這麼遲鈍，就算讓她再訓練十年，也只能在調查中心跑腿而已。」

特林沙直接打斷她的話，「白小姐，我不需要雅晴變成誰。這個調查中心的每個人，每種專業都是一種旋律，如果每個人都會一樣的專業，這就只是大聲一點的音樂罷了。就是因為他們都有不同音調，才能組成一首和弦。」

在她看來，楊雅晴的淨眼能力跟事件並沒有直接的影響。她成立調查中心的目的，是希望導正地府的運作，而不是只能依靠特殊能力者破案，使沒有特殊能力的人都無法參與。而楊雅晴對鬼魂的看法，恰巧是調查報告中的重要依據，透過她跟鬼魂的對話，調查官可以了解鬼魂的思維，畢竟鬼魂都是人們死亡之後才產生的，死後的思想大部分也不會改變，能抓住鬼魂的想法，就能推估出鬼魂的行蹤。

特林沙直視著白菱綺，「所以白小姐，請妳不要妄下定論，我需要楊雅晴人類的觀點，這是她與生俱來的東西。」

林羽田代表修煉者，愛妮莎代表黑暗規則，多恩代表西方，Pink代表妖族，每個調查中心的職員都對特林沙意義非凡，而且不需要誰去模仿誰。

特林沙提醒白菱綺，「白小姐，您還在這邊的原因，就是要調查地震的起因。好不容易有進度，您確定要毀掉嗎？」

白菱綺語氣陰沉地說：「你們最好真的有辦法！」

她剛剛走出去幾步，突然愣住，又不高興地衝回來：

「等等！差點被妳帶歪。你們那個小不點不見，關地震什麼事情？」

「咳！」角落傳來一聲以咳嗽掩飾的冷笑。

白菱綺看到林羽炎站在牆邊，眼神雖然看著別處，但是嘴角微勾。

她瞪著他，「你笑什麼？」

Pink看著她提醒：「白小姐，妳沒發現嗎？自從愛妮莎失蹤後，就沒有地震了。」

白菱綺這才隱約意識到兩者之間的關聯，「所以阻止那個自殺遊戲，再找到小不點，地震的事情就會解決嗎？」

「不然呢？」林羽炎好笑地說。

白菱綺頭一甩，「我不知道啊！你們又沒說有關聯。」

「白小姐，您如果不相信我們的能力，就不會來調查中心吧？」多恩說。

「我是不知道你們的能力啊。」白菱綺坦然地說。

多恩又疑惑地問：「那妳怎麼會來這邊？」

白菱綺理所當然地說：「我上網查的啊！搜尋『靈異案件』後，你們就在第一個。」

「……」

眾人看著白菱綺一片沉默。

第六章 新題

楊雅晴被林羽田牽著走出調查中心，但外面還在下雨，雨水限制了她們能站的位置，只能躲在屋簷下的一點空間裡。

她們之間有些尷尬，林羽田想說一些話安撫她，但楊雅晴搶先問：「之前自殺的孟同學，警局願意提供她的資料嗎？」

林羽田順著楊雅晴的詢問轉移話題，「有，除了她的資料，聽說還收到了更多通報，自殘、自殺的事件似乎不是個案。而且孟露嫻有留下一些影片，只是警方在跟家長協商。」

「為什麼需要協商？」

「她父母不願意讓警方調查那些影片。」

「那我們之前查到的那個遊戲呢？」楊雅晴問：「就是妳哥哥提供的資料，那個遊戲是這些案子的共通點吧——」

說著說著，楊雅晴突然自己愣住。

她能找到愛妮莎是透過某個遊戲，而那群自殘、自殺的人也有玩一款遊戲。雖然她知道兩個遊戲的內容不一樣，但是同時發生也滿奇怪的。

林羽田看到她愣住，有點擔心地問：「怎麼了？妳想到什麼？」

world Criminal Investigation Bureau Underwo

「愛妮莎曾經對我說『不需要來找我，我還有事情沒做完。』但她很擅長電腦，她該不會……正在製作那個遊戲吧？」

楊雅晴覺得這個猜測很糟糕。

她看過林羽炎提供的資料，知道那個自殺遊戲中飽含著惡意，她不願意去想像愛妮莎會做出這種引人自殺的遊戲。

「遊戲從製作到上市有一堆要申請的文件，愛妮莎才失蹤九天而已，應該不是她。」林羽田否認了這個可能。

雖然不排除有錢能使鬼推磨，但她認為愛妮莎沒有做這種事情的必要。

「也對。」楊雅晴認同地點頭。

林羽田想了想，補充道，「況且她可以控制遊戲的話，就不需要妳傳話，直接連絡地府調查中心就好。總之，我們先去查虛明上師跟那座道場吧。」

「好。」

楊雅晴拉開車門，這時，多恩走過來看著兩人說：「正好妳們還在，順便載我一程。」

林羽田疑惑，「妳要去警局？」

「人家好久沒有練手了，況且我也想要幫忙啊！」

多恩一臉善良無害的樣子。

楊雅晴知道多恩的工作就是驗屍，也就沒有多問，關上車門。

※

警局的屍檢室內——

楊雅晴跟林羽田戴著口罩，在外面等待多恩的驗屍結果出來。

不久後，多恩一邊摘下手套，一邊搖頭走出來。

「這些傷口都是那些同學自己弄出來的，傷口造成的地點、時間都不同，並沒有什麼特殊的。簡單來說，就是排除了他殺的可能，沒有其他外力促成死亡。」

多恩的心情很好，可以鑽研屍體的各種表現讓她多日來的擔憂減退很多，雖然在其他人眼中並不愉快就是了。

林羽田卻不死心地問：「真的沒有奇怪的地方嗎？」

「要說奇怪的話，那位孟同學好像有 **Rapunzel syndrome**，就是長髮公主症。妳看她的胃裡都是頭髮，難怪看起來過瘦，生前應該壓力滿大的。」多恩指著照片說。

照片中的桌上有個盤子，上面有一團黑色的東西，被人放入夾鏈袋。濡濕的頭髮纏成一捲，看起來非常噁心，讓人感到不舒服。

「頭髮？」楊雅晴疑惑地問。

多恩解釋，「就是焦慮時會咬頭髮，或者異食癖，喜歡吃頭髮。胃酸沒辦法完全分解頭髮，髮絲會殘留在腸道，堆成髮球。雖然我已經把頭髮送驗了，不過這種病例都是割或拔自己的頭髮，有別人頭髮的可能性偏低，要追查與案件相關的線索，恐怕還是要從自殺的原因來查。」

「自殺的原因嗎？」林羽田沉思起來。

「話說回來，那些學生對自己下手真狠。」多恩回想著那些傷口，「下刀真狠心，過程也沒有遲疑的痕跡，不是覺悟夠大的話，真的滿像機器割的。」

林羽田眼睛微睜，「可是她的年齡偏低，照理來說，自殺應該會猶豫跟遲疑……」

多恩也重新檢視照片，「確實，國中生居然下手這麼俐落，還對動脈的位置這麼了解，有點奇怪吧？」她看向林羽田。

林羽田想到多恩剛才說的機器兩字，「多恩，妳為什麼覺得屍體的傷口像機器割的？」

「因為……傷口就準確地割在要害上啊，就像……有機器，或是按照某種範本自殺的。為了能徹底死亡，像是怕他們失敗一樣。」多恩想到什麼，又補了一句，「或者傳染病。患者都有類似的症狀，導致自殺行為像傳染一樣擴散。」

她聯想到某些動物在一些特殊情況下，會有集體自殺的行為。

林羽田不太喜歡這個說法，不只是因為這個說法背後的惡意，而且她的直覺認為多恩可能是對的。

她們離開屍檢室，打算離開，林羽田一邊翻看幾個死者的資料，「這個地區的死者都在這邊，大部分年齡很年輕，而且手機使用時間很長。」

「年輕有什麼影響嗎？」楊雅晴問。

「年輕的人即便有自殺的想法，動手時往往會因為沒有經驗，沒傷及要害而被救回。」林羽田說：「所以他們能準確地知道動脈的位置，甚至知道要下手到什麼程度就很奇怪，彷彿有人在教導他們。」

楊雅晴想到遊戲的內容，「可是我玩的遊戲裡就有講到。我記得有什麼動脈的介紹、真皮層在哪裡，還有一些實驗影片。」

此時，楊雅晴的電話響起，是 Pink 打電話來了。

『雅晴，妳有查過孟露嫻的影片嗎？』

楊雅晴回想一下，「大部分影片都看過了。」

『警局剛剛打來，他們破解了鎖起來的影片，妳可以去看一下嗎？』

「好，我馬上去。」

楊雅晴在警員的引導下，找到負責電子資訊的人。

孟露嫻祕密分享的影片中，有一個講述假手實驗的遊戲。

那是一個心理學的實驗，實驗者會拿一隻假手放在被實驗者的手邊，然後用長袖衣服蓋住，被實驗者的另一隻真手則被一個紙板隔著。接著，有人會拿兩支筆刷、羽毛之類的東西，去觸碰那隻假手跟真手，被實驗者在過程中必須盯著那隻假手。在經過一輪觸碰後，實驗者接下來只碰觸假手，而被實驗者的真手卻會跟著產生被觸碰的反應。

但實驗到這邊還沒結束。接下來實驗者拿槌子重擊了假手，而被實驗者也大聲呼痛，之後才又發現假手跟真手的關連，並且意識到自己沒有受傷。

然而，在孟露嫻的影片裡，她卻利用這個理論來降低同學對自殘的恐懼。

她一開始用假手讓同學幫忙實驗，等她覺得假手已經取代了自己的真手後，她居然讓同學割傷她的手，她則緊盯著假手，騙大腦身體沒有受傷，結果紙板另一邊，她的手已經被美工刀劃出了好幾道血痕，她卻還能笑嘻嘻地看著鏡頭。

林羽田完看影片，翻找孟露嫻的屍檢資料。

她的手臂上確實有各種不停自殘又痊癒的疤痕，而且手臂上的傷口下手還算輕的，更嚴重的傷痕在大腿內側。

被解碼出來的那些影片中，八部裡有七部都有一個遊戲的廣告。孟露嫻甚至將影片用特效轉成其他風格，讓人覺得這只是一個單純的恐怖遊戲。

不得不說，感覺孟露嫻正致力當個網紅，也對網友的心態有一定把握。

「她好像很在乎這個遊戲，但是我覺得這個遊戲還好啊！」楊雅晴想起自己看過遊戲的小廣告，不理解這種遊戲有什麼值得著迷的。

「我看一下。」林羽田想要分析出孟露嫻的心態，「好玩很重要，就像每隔一陣子會有短影片挑戰。其實，單看挑戰會覺得很無聊又危險，卻因為周圍的人說大家都在玩，不玩就是不合群，甚至玩出花樣就會引人注意，所以開始流行起來。」

「我記得那種挑戰有瓶蓋、橡皮筋，比較危險的像用感冒糖漿煮雞肉、窒息挑戰、摔倒挑戰之類的。」多恩回憶自己看過的新聞。

此時，林羽田盯著那個遊戲廣告，突然沉默下來。

多恩跟楊雅晴都回頭看著她，「怎麼了嗎？」

林羽田看著廣告上的圖案，有些嚴肅地開口：「孟露嫻玩的遊戲，可能真的是愛妮莎做的。」

她指著影片中的其中一幕，「廣告裡有愛妮莎的英文名在上面，這是一種製作者的簽名習慣。」

楊雅晴皺起眉，感到不可思議。就在她想開口時，忽然有人打斷他們。

「楊小姐……妳們可以過來這邊看看嗎？」負責的警員對她們招手。

跟孟露嫻相關的影片除了她的自拍，還有學校的監視器存檔。

她所在的學校連教室裡都有監視器，除了她自殺的那天，員警把時間往前追溯，發現她原本行為就很怪異。會無緣無故對背後大吼，自己站在教室角落發呆，甚至上課時會拿美工刀割下自己的頭髮後吃掉。

更讓人發毛的是眼前這幕——孟露嫻撕下筆記本，然後摺起來往後丟，像是想傳紙條給誰。

但孟露嫻的背後是空位，沒有同學，她到底想把紙條傳給誰？

詭異的是那張紙條落到桌上後，居然打開了！像有個透明人打開了紙條。

然後紙條又被折起來，放到孟露嫻的肩膀上，孟露嫻也接過紙條，又在桌上寫字後往後傳。

就這樣進行了四次，老師注意到孟露嫻的行為，走到她的座位旁一把拿走紙條。

「幫忙停一下，然後放大紙條。」林羽田突然出聲。

員警停住影片，幾人湊在螢幕前面，看到了令人發毛的事情。

畫面上，那張攤開的紙條上什麼字都沒有，連孟露嫻寫的東西都沒有，一片雪白，沒任何字。

林羽田看向楊雅晴，「雅晴，妳有看到什麼嗎？」

楊雅晴搖頭，「沒有，她們沒有寫字啊！」

「她們？」多恩疑惑地問：「妳看到孟同學跟誰傳紙條？」

楊雅晴指著孟露嫻後面的空位，「她啊！」

林羽田、多恩及控制電腦的員警都同時深吸一口氣。

「那個位置沒有人。」多恩還能開口提醒，但那位員警只能用驚恐的眼神看著楊雅晴。

「妳看到這裡有個人？」

林羽田指著空著的座位，楊雅晴點頭，「對，一個齊瀏海劉海的女生，只是看不清正面。」

多恩也指著螢幕中孟露嫻桌上的手機，「可是她有手機，為什麼要傳紙條？遊戲不是都在手機裡嗎？」

林羽田又看了眼楊雅晴，「如果有鬼魂，或許這個遊戲會讓人成癮的原因並不是好玩。」

「鬼魂透過遊戲尋找受害人？還是遊戲用了鬼魂的力量？」多恩一臉饒有興趣。

林羽田卻不像她這麼愉悅，雖然這個案子總算找到了孟露嫻這個切入點，但這也表示想阻止這個遊戲特別麻煩。

還沒想出個結果，她的手機傳來震動，林羽田接起電話：「哥？」

林羽炎的聲音有些不穩，因為他背後還有人吵架的聲音，『遊戲方不肯撤下遊戲。』

之前發現自殘事件的人都在玩遊戲時，林羽田就請林羽炎去要求APP商店把遊戲下架了。

「好吧，這次是遊戲跟鬼魂結合的複合型案件。」林羽田說。

林羽炎關心地問：『嘖！這麼麻煩？要去支援妳嗎？』

林羽田看著遠處的楊雅晴，「我一個人應該可以應付，哥，你不用過來。」

林羽炎卻好像知道她的想法，語帶調侃地說：『公費約會不可取喔！妹妹。』

「閉嘴。」林羽田掛了電話，臉色看似冷靜，耳朵卻有些羞紅。

幸好楊雅晴沒有發現她的臉色，只認真地看著孟露嫻留下的影片。

※

道場中，陳子泉面前的電腦就像現實跟意識的出入口，如果楊雅晴在場，就會看到有黑霧跟鬼魂進入電腦裡。

愛妮莎存在的電腦時不時飄散出一陣黑霧。

這些黑霧代表著靈魂，透過玩遊戲死亡的靈魂被陳子泉用招魂的方式引到道場，然後吸進遊戲內。

而在虛擬的世界中，愛妮莎原本的王座變成一個黑色的卵，她蜷縮在卵內，不知道生死，但是周圍有許多黑色管狀物連接著她，管子的另一端是一臺又一臺的電腦。

如果把視角拉高一點，會發現那些管子跟電路形成一個魔法陣圖案。

隨著電流似的亮光在線路上遊走，就像有人在對這個陣法施法一樣，十分科幻。

陳子泉沒辦法看到電腦內的世界，甚至不知道他害死的靈魂被愛妮莎吸收，透過某種儀式轉入了虛擬世界，他只欣喜於能收割更多生命。

這種惡意變成他身後的黑霧，這幅景象就如同當年的虛明上師。

對混沌而言，信仰或遊戲都是沒有差別的。人類的靈魂是很好的能量，但是他們之中，如虛明上師這樣的個體，想要的都是很無聊的東西。

——其他同類的崇拜、財富、快感，人類很痴迷於這些。

祂的力量可以給予這些，可以刺激人類。

時間於祂，也只是短暫的。

而愛妮莎也只是祂的千萬個分身之一，讓祂在漫長壽命中看看那些物種的演進罷了。

祂在意的不是一小群人類的生死，就像人類不太會在乎其他物種的生死一樣，祂在意的是另一個對象。

道場之外的天空雲影搖動，像在另一種型態的海底，雲影間更有一個巨大的黑影游過。

回到愛妮莎的世界中。

『我們都會成為終結。』同學在孟露嫻耳邊說話。

『求求你們停止這個遊戲，我認輸！』孟露嫻在手機播放的影片中尖叫。

許多關於孟露嫻的片段被播放著，像是她專屬的走馬燈，而孟露嫻雖然站著，她的思想卻還在回憶之中，回憶的內容甚至被投影在蒼白的身影上。

隨著影片越來越多，她的臉上跟身上也覆蓋著各種影片，最後影片播放完，她也真正存在於這個虛擬的世界。

她所站的位置左右、前後都有人，這個世界裡有許多像她這樣的靈魂，但她是唯一一個能活動的。

「這裡是哪裡？」孟露嫻喃喃自語地問著，看著自己半透明的手。

四周除了自己身邊那群木偶似的人，好像沒有任何東西，黑暗空間無止盡地延伸開來。

孟露嫻一直沒有機會問那位同學是誰，她也始終記不住同學的面貌。這份疑惑困擾著她，腦袋裡的記憶卻沒辦法給她答案。

此時，有人拉起她的手，「走吧！」

對方似乎要帶她去某個地方。

「妳要帶我去哪裡？」

孟露嫻被這樣一拉反而回神了，她看到眼前是那個同學，她又出現了。

「我們去有趣的地方！」同學說。

孟露嫻馬上問：「妳到底是誰？為什麼會出現在這裡？」

同學看著她一會，「如果妳很想知道我是誰，這樣我們就可以交流了。」

她握住孟露嫻的手，她的資訊也流入了孟露嫻的腦海。

孟露嫻下意識閱讀起那些資訊，但當她理解那些內容後，像挨了雷擊一樣全身一震。

與這個同學的童年相比起來，自己的童年簡直是泡在蜜糖裡。她光是看到那些毆打、虐待、性侵、責備、厭棄，就感到非常害怕。

「為什麼妳還笑得出來？那些事情這麼痛苦……」孟露嫻不可思議地問。

「因為我已經死啦！」同學對她露出明媚的微笑，「死亡讓我徹底離開他們了。」她很清楚死亡帶來的結果，那也正是她需要的。

似乎是提到死亡的關係，孟露嫺也想起自己的死亡。

眼前的同學也瞬間皮肉消逝，臉部變成一顆頭骨，她身上還穿著學生制服，四肢卻變成了骨頭的樣子，看起來十分可怕。

她從人的型態變成了骷髏。

孟露嫺掙脫掉骷髏的手，「我不要跟妳走。」

她抓住同學的衣服，可怕的頭骨讓她無法冷靜，「把我送回去，我不要死！」

她根本連炸彈都不會做，為什麼她會自殺啊！

骷髏歪著頭，上下頜骨開闔：「沒辦法啊！」

死而復生是無法做到的事情。

「不！把我送回去，我不該在這裡。」孟露嫺扯著骷髏猛搖。

骷髏只靜靜地看著她，「沒用的，死亡是不可逆的，不過，如果妳想看一下妳爸媽是可以的喔！」

看到父母嗎？

想到父母，孟露嫺就靜了下來。

她跟著骷髏走，當骷髏往前踏一步，周圍的黑霧就散去一些，像在引導孟露嫺前進。

她小心翼翼地踩著骷髏踩過的地方。

「妳走太慢了，我帶妳，快走吧！」骷髏拉著孟露嫺的手。

孟露嫺也不再抗拒，順著骷髏的步伐，感覺只是一轉眼，她們就到了人間。

孟露嫻看到了自己家。

她走到家門口，看到了自己的喪禮，一時間帶給她很大的衝擊。她別過頭不想看自己的遺照，卻看到媽媽一邊哭一邊摺紙蓮花。

這時，突然來了兩名警員，男警員對女警員點頭後，由女警員上前開口：「孟太太，我們有些問題想要問妳。」

媽媽看著他們，表情疑惑又疲憊地開口：「怎麼了嗎？」

「妳知道孟同學有參加哪些網路上的活動嗎？」

媽媽搖頭，「沒有，小嫻都很乖地上下課啊！」

「可是我們收到了匿名的影片，有人在公開的平臺爆料，認為你們的女兒……」女警遲疑了一下才說：「有偷竊的行為。」

她拿出一個平板，上面是孟露嫻拿了東西塞進口袋，沒有結帳就直接離開的影片。

媽媽看完，氣得全身發抖，「你們給我看這個幹什麼？她都死了，還要汙辱她嗎？」

「我們是想確認是否真的有這件事。我們還循著帳號，查到了其他影片，發現她多次在該平臺上鼓勵參加那個自殘遊戲，但是有一部刪除的影片說她是被逼的，還有話想轉達給你們。」

員警要點開那部影片，卻被媽媽打斷。

「我不要聽！那不是我女兒！」媽媽把這兩個員警趕出去。

「孟太太，我們真的需要妳同意……」

員警還沒講完，粗暴的關門聲傳來，帶著強烈的拒絕意味。

兩個員警沮喪地離開後，一個醉醺醺的人影走進靈堂。

「就跟妳說不要太寵她，妳看！做那種事情害我丟臉。」爸爸來到靈堂就先踢倒燒紙錢用的金桶，然後怒瞪著靈堂的照片，「不孝女！」

媽媽上前要說什麼，卻被爸爸一拳揍在臉上。

她摀著臉，等疼痛消退後大吼數落著對方的不負責任。兩人就這樣吵著離開，留下遺照上孤單的笑容。

孟露嫻不禁冷笑，「我還在期待什麼？他們還是這樣，互相推諉責任……如果這麼討厭我，幹嘛要把我生下來？」

誰不希望「家」是像廣告或者課本上一樣，和樂、美滿、溫暖，是真正的避風港。但是到她死後，家人還是如仇人般怨恨彼此。

「妳期待家能好好的？」骷髏說。

孟露嫻的表情空白了一下，然後露出笑容，「對啊！但是不可能的，早就……不可能了。」

小時候她曾經看過父母的甜蜜，那些片段是記憶中閃亮美好的小碎片，但隨著自己長大，她卻漸漸覺得是自己的存在毀了父母的婚姻。

她壓低聲音說。

如果沒有我，媽媽就可以放心離婚，去追尋自己的幸福。

沒有我，爸爸就可以只做一份工作，有時間休息打遊戲。

骷髏讀到她的沮喪，拉起她的手，往另一個地方去。

兩人在一家早餐店前停下來。凌晨四點的早餐店，正為了備料而忙碌，沒有人的座位上擺滿火腿、炒蛋、黃瓜絲等各種食材。老闆娘抱著美乃滋過來，板著臉，沒有以往的笑容。

她俐落地把吐司抹上美乃滋，疊上炒蛋、肉類、蔬菜，再蓋上一片吐司。疊滿一盤後，去邊、斜切、封裝，然後把那些三明治放到旁邊的盤子上，依照成本標價後，習慣性地放上一個最簡單的雞蛋火腿在旁邊，卻又愣了一下，再度拿下來。

「老闆娘，這邊少一個。」

工讀生看到那個缺口要補商品，老闆娘卻搖頭，「不用啦！」她看著遠處的電視，幽幽地說：「那個妹妹不會來了。」

那個女孩總喜歡舉著自拍棒拍照，連店裡的生意都被她照顧到，這麼可愛的女學生，卻選擇結束了自己的生命。

「也不知道是怎麼想的，做出那種事。」她的語氣帶著惋惜。

工讀生低下頭，不屑地哼了一聲，轉頭做自己的事情。

孟露嫻聽到那一聲哼聲，想衝上去打工讀生，但她穿過工讀生的身體時，卻閱讀到他真實的想法。

她轉身瞪著工讀生，「這個人有病嗎？他居然喜歡我，那你哼什麼啊！」

「妳冷靜點啦！」骷髏拉著孟露嫻，往學校去。

來到教室時，剛好在上課，孟露嫻站在門口，看到自己的座位被放在角落。她的位置除了空著生灰塵，竟然沒有遭到破壞，「我還以為他們會毀掉呢。」

孟露嫺發現除了自己的空位，似乎也多了幾個空位。

骷髏看著她問：「妳不好奇他們在想什麼嗎？」

「可以知道他們在想什麼？」孟露嫺看著骷髏確認：「只要碰到就可以嗎？」

骷髏點頭，「對啊！」

孟露嫺觸碰一個又一個人。

有些人在煩惱身體的某部位長痘痘，有些人在想著男生好帥，要連絡對方，有人還在為剛剛看到的哏圖開心，有的人跟她一樣在想要做什麼才會得到讚數。

孟露嫺覺得很可笑，「我都做了那麼多事，他們一點都不在乎嗎？」

她犧牲自己自殺，結果這些人卻還是糾結在小事上。

「確實有些人因為妳轉學了。」骷髏看著那些空位，那些人都是因為內心壓力太大而去看醫生或轉學了。

但孟露嫺不在乎骷髏說的那些人，她只覺得自己很可笑。

幹嘛這麼在乎其他人呢？

其實別人也有不完美的地方，真正面對對方時，妳會發現其實大部分的人都很普通，而她也只是普通的一員，並不是特別糟糕的。

骷髏指著其他人，「有些人是嚇壞了，不願意想起來。」甚至會過度關心其他小事，是想逃避經歷過的創傷。

「所以呢？妳想告訴我自殺不好，我害他們嚇到了嗎？」孟露嫺不高興地說：「我幹嘛要在乎他們？」

「如果不自殺，妳覺得會發生什麼事？」

孟露嫻不高興地回答：「我的祕密會被爆光啊！我爸會打死我！不然還會發生什麼事？」

「對，還有呢？」骷髏伸手，製造出一個幻象。

她居然可以讓眼前的景象崩解變化，變成孟露嫻說的情況。

「然後我就畢業，隨便做個工作。」孟露嫻說完，發現幻象真的照著自己的描述改變了。

「說不定妳會遇到一個喜歡的人？」骷髏補充。

孟露嫻不抱希望地說：「有可能，但也有可能被劈腿，或者我膩了。」

「但或許有個人會讓妳願意結婚。如果要重新開始一個家庭，妳會怎麼做？學妳爸媽？」骷髏讓幻象中出現孟露嫻的父母。

「當然不會啊！我……」孟露嫻想到什麼，突然堅定地說：「我不會讓我的孩子經歷我遭遇過的事情。」

她想讓父母的影像消失。

看過父母對她的態度後，她絕望卻也接受了，但她現在不想再看到父母的身影，所以不停想像新的景象，「我會長大，未來我會……」

隨著她的描述，眼前的景象是比較年長的自己，她能守護孩子的童年，而愛她的老公也守護著她，幻想中的這幅美好景象裡，沒有那些同學、粉絲，甚至沒有父母。

那些最在意、困擾自己的人們，在她的人生裡突然不重要了。

孟露嫻突然意識到什麼，看著這個幻象問：「妳想讓我後悔，對嗎？其實我對這個死亡遊戲根本沒興趣的。」

「如果妳沒興趣，就不會被遊戲吸引。」

「我很想放棄啊！但是我玩那個遊戲時，根本別無選擇。」是那個遊戲不停威脅她去死的。

「妳不是別無選擇，或者說，自殺不是妳真正想要的結果。」骷髏強調：「那只是妳逃避苦悶生活的手法。」

孟露嫻並不是真的有心理疾病，而是想要透過憂鬱獲得關注。

她發現拍影片時，只要自己表現出痛苦的樣子，粉絲們就會額外給予關心，同輩會把好處優先讓給自己。這養成她錯誤的認知，覺得自殘、憂鬱的樣子在網路上可以獲得許多東西。

孟露嫻甚至打算播放自己玩遊戲的過程，讓自己獲得更多關注。

設計遊戲的人很清楚人性，故意讓人對自殘、自殺成癮，不怕高、不怕痛，越是照著遊戲做，越覺得老實努力的人很可笑。

當你嘲笑別人時，其實也隔絕了跟別人相處的機會。一旦陷入孤獨就會更依賴遊戲，最後在惡性循環下，就會做出極端的事情。

「沒有，我是真的痛苦到想死！」孟露嫻嘴硬地說，但她的眼眶含著淚。

骷髏沒有再逼問，只默默地說：「所以，是妳自己放棄機會的。」

「什麼機會？」

「讓那份未來可能成真的機會。」骷髏指著那個幻象。

孟露嫻搖頭不肯承認，但她的眼淚流了下來。

她正在體會失去的感覺，痛苦、揪心卻又無法怪罪別人。

骷髏看著她說：「其實我一直在班上徘徊。那些同學多少都有一些漏洞跟黑暗，但唯獨妳，孟露嫻，妳的黑暗最多，吸引了我、邀請了我，我才能真正蠱惑妳。」

明明孟露嫻有很好的父母，只要開口求救，雖然會被罵，但也會獲得保護。但孟露嫻沒選擇這樣做，她想懲罰自己，讓父母後悔對她的漠視。

或許這就是孟露嫻的掙扎吧！

骷髏看到孟露嫻的複雜表情，說：「我覺得活下去不是為了改變過去，而是改變未來的自己，還有未來跟自己相處的人，所以是妳放棄了自己的未來。」

孟露嫻聲音暗啞地問：「妳的意思是我不該做傻事，覺得我很笨？」

「不是的，妳不笨，這些關於自殘或者自殺的思考，都是應該經歷的過程。但妳的作為被黑暗看到並選中，妳們建立起了連結，所以妳注定逃不出去了。」骷髏看著她，語氣中透著憐憫。

孟露嫻想要在網路上被關注，選擇用開玩笑的心態開始遊戲，半真半假地呼喚黑暗到來。最後黑暗真的回應了，才會造成死亡的局面。

孟露嫻感知到她的想法，剛想開口，卻被遠處的聲音打斷。

「嗚——」

巨大的嗚叫聲從很遠的地方傳來。

「那是什麼聲音？」孟露嫻害怕地看著周圍。

四周又變回了黑霧，似乎有什麼可怕的東西潛藏於其中。

骷髏指著這個虛構世界的某處，「走吧！我們去參加盛宴！」

在黑暗中有一絲幽藍的光閃過，孟露嫻被她牽著，一起往黑暗走去。

骷髏的步伐歡欣愉悅，孟露嫻卻極度不甘願，但她已經無法回頭了。

「走，或者說，跳吧！」骷髏開心地往前一跳，浮空而起，她拉著孟露嫻慢慢往黑暗走去。

孟露嫻被牽著跳上了虛空，害怕地發出尖叫，「啊、啊——」

骷髏穿著制服雀躍地跳上某條道路，周圍也都是跟她類似的人，他們帶著狂熱跟欣喜。

「盛宴要開始了！」

那些人們用自己的意識展現歡喜，一大群靈魂被某種事物吸引，都要去到某個地方。

一個巨大的物體靠近，大到還在遠處，卻足以被靈魂們感知。

孟露嫻抬頭看去，漸漸地，她可以看到雲、看到月亮，還有烏雲中那個鯨魚模樣的東西。

「嗚——」巨大的鳴叫聲音吸引著靈魂們靠近。

孟露嫻不太能精確地描述自己的感受，但這就像某種天生的靈感，她知道眼前是一隻鯨魚外型的東西，卻又不是真的鯨魚。

祂似乎代表著人們的精神，因此鯨魚痛苦鳴叫時，也牽動她的精神，產生痛苦。

鯨魚緩慢地破雲而出，那巨大的體型讓人想到自己的渺小，甚至不知道該怎麼描述內心的震撼。

孟露嫻感覺到周圍傳來一種波動，像身在海裡，她不自覺地隨著那種力量流動過去，光是靠近一點，就有恐懼跟崇敬交雜的感受。

那個龐然大物有巨大的聲音跟流線的身體，越靠近就越龐大，直到超出視野，最後只能看到鯨魚的嘴或頭。

而且對方看似優游緩慢，其實正往自己衝過來並張開嘴。

孟露嫻驚慌地往旁邊移動，終於搶在那隻鯨魚衝過來前擦身閃過，隨著鯨魚靠近，她也看到了那隻鯨魚的模樣。

但跟她在動物頻道看到的不太一樣，鯨魚身上有過量的藤壺，甚至帶著惡臭。

骷髏不知道何時站在她的身邊，語氣帶著狂熱說：「祂快要死了！我們的盛宴快開始了！」

「什麼意思？」孟露嫻疑惑地問：「那隻鯨魚形狀的東西也是靈魂嗎？」

「那是整個島的精神。」骷髏看著遠處的鯨，「現在快要不行了，一旦祂死去，我們就可以得到那些精華！」

孟露嫻感到不可思議，「我們不應該幫忙嗎？」

「幫忙什麼？妳能醫治祂嗎？」骷髏冷笑，「我們現在過去只會變成祂的食物，不過祂吃越多，離死亡也越近。」

鯨魚盲目地吃下靈魂，含有黑暗的靈魂加快祂的死亡，可是鯨魚沒別的辦法，只能繼續吞吃，甚至因為飢餓吞得更多。

「這些靈魂是怎麼來的？」孟露嫻單純是想要阻止靈魂產生的源頭。

「那些靈魂就是我們啊！」骷髏有趣地說：「我們求死的心就是一種黑暗，我們是陰暗腐食者，只是在等著鯨落而已。」

「那祂死掉怎麼辦？臺灣會沉嗎？」

「妳都死了，還有什麼好在乎的？」

「祂如果死了，那我爸媽怎麼辦？」孟露嫺聽到自己說的話，才發現自己還是在乎父母的生死。

骷髏無所謂地回答：「隨著精神消失，可能會迎來戰爭或者天災人禍，就死了吧！不過也好啊！正好來這邊團圓。」

「不好！」孟露嫺瞪著那具骷髏，「他們不能死！」

「為什麼不能死？誰都會死的。」骷髏看著她，「更何況，不就是妳帶領他們走向死亡的嗎？」

一個人的死亡會影響其他人對待死亡的看法，而孟露嫺的自殺也催生其他人傷害自己的衝動。

「不是，我恨的是另一群人，可是我爸媽、網路上的粉絲、早餐店老闆娘……」那些人曾經對自己好過，哪怕只有一句謝謝、一點好意，「他們也會跟著這隻鯨魚死去嗎？」

「對啊！都會死，天災人禍不可能指定誰能存活。」骷髏輕鬆地說。

「為什麼是我？我們？這個遊戲是故意的吧！」孟露嫺發現，周圍的人都是跟自己年齡相仿的人。

「遊戲就像草原的獵食者，當然會選心靈最弱小，沒有思辨能力的人蠱惑。只是妳為什麼要在乎他們？妳不就是……」骷髏扣住她的肩膀，強迫她轉過身，在她的耳邊說：「想要毀掉這一切嗎？」

孟露嫻看到骷髏伸手，雲霧又轉換成新的畫面。

畫面中是孟露嫻生前的模樣，那時她還沒開始玩這個遊戲，她坐在教室裡上課上到很無聊，希望最好來個巨大的毀滅，毀掉全班就不需要上課了。

那時，她還很奢侈地擁有「人生」這種東西，不知道自己的意識真的能召喚黑暗。

「別忘了，是妳召喚了我。」

隨著骷髏的聲音，畫面上她的身影漸漸呈現。

孟露嫻看著以前的自己，內心的聲音也被展示出來。

恨著班上的人，恨他們的笑容，恨父母沒有陪伴自己。她裝出不在意的樣子，其實特別計較別人對她的不好。

想要被所有人關注、不想承認自己的缺點、害怕責任又渴望被肯定、分組時搶著最簡單的工作，但是一定要和會做事的組員同組、只要達到目的，拿到讚數跟認同，其他人的痛苦又跟自己有什麼關係呢？

「不，妳亂講！」

不准隨便挖開我的心，我的黑暗祕密不應該被知道！

「就承認有什麼不可以，只是一點私心而已啊。」骷髏不懂，她都能承認自己受到的傷害了，孟露嫻卻還是嘴硬掙扎。

world Criminal Investigation Bureau Underwo

孟露嫻凶狠地看著骷髏，「妳不准說出去！」
她注意到遠處的鯨魚似乎游回來了。
「其實每個人都這樣想過，妳不是特別……」
骷髏還沒說完就被推了出去，而接住她的是鯨魚張開的大嘴。
孟露嫻反駁她，「不，我是特別的！」
如果鯨魚會吞噬靈魂，那乾脆讓骷髏被吞噬好了。
我不可以是平凡的！
只要她死掉，就沒人會發現我跟其他人一樣平凡！
孟露嫻抗拒的想法已經到了邏輯混亂的程度，她只想讓對方閉嘴，不准再說她不想聽的話，甚至伸手將對方推出去。
看著對方落入鯨魚張大的嘴裡，孟露嫻覺得自己否定了平凡的說法，像是贏了對方，直到她看到對方的表情。
在骷髏消失的前一刻，她看著孟露嫻變回那個短髮女生，她的表情並不是驚恐，而是狂喜，
「妳終究屬於我們。」
——屬於黑暗的一方。
她說話時，背後是鯨魚張開的大口。她沒有掙扎，只是看著孟露嫻。
鯨魚鯨鬚的位置變成無數靈魂的手，抓住那個女生的身體，將她拖進鯨魚的嘴裡，她就此帶著詭異喜悅的表情被那些手拉入虛無。

孟露嫻沒空注意她，因為她剛剛碰到了鯨魚，鯨魚身上的黑影突然像是活物，就這樣攀上孟露嫻的手，燃燒起來。

黑色的火焰順著指尖，像火焰吞吃火柴一樣迅速蔓延，直到孟露嫻全身著火。

「好痛、痛！」火焰毫不留情地燒毀了她的身體，她也變成了骷髏的模樣。

她看著自己的手，「為什麼……」她的手怎麼會只剩下骨頭？

接著她摸著自己的臉，摸到了骨骼堅硬粗糙的質感，瞬間意識到自己也變成了骷髏的樣子。

這就像一種諭示。

諭示找到了繼承者。

第七章　鯨魚

林羽田跟楊雅晴拿到資料後，回到調查中心。

「我之前好像看過虛明上師這幾個字。」

楊雅晴走到電腦前，打開一個檔案。愛妮莎有陸續將檔案電子化，所以楊雅晴輸入關鍵字，馬上看到虛明上師的資料。

上師是指有成就跟高度精神修行的導師，他們可以指導弟子們在修行的道路前進，幫助對方解脫和覺悟，可是虛明上師卻將那群人引向邪惡。

信仰的結構是由大量的基層信眾組成。他們信任導師之類的人，雖然展現出強烈的團結性，但也會有可怕的結果。一旦導師的內心偏向邪惡，也會將整個團體變成邪教。

一九八零年是虛明上師成名的年代，當時臺灣流行賭博娛樂，許多人沉迷這個活動。

沉迷其實就是一種上癮的行為，內心越空洞的人就越容易上癮，他們甚至會對上師求明牌。

各種道場、廟宇也相應而生，這些場所容納了那個年代心靈有空洞的人，為了利益，信仰上師。

隨著信仰跟注資的成長，相關問題也產生，上師假借修行的名義性騷擾、斂財，但因為巨大的利益，受害者都被摀住了嘴。

直到某天，虛明上師的道場發生了大事。當時上師的作風已經不可考，但是後來發生了集體死亡的事情，所以道場就封閉了。

楊雅晴看著簡報，雖然照片是黑白的，但建築的華麗感還是透過照片傳達出來，最引她注意的是上師背後一個水晶洞的擺設，裡面還有一顆蛋型的紫水晶。

「這個水晶是不是怪怪的？」楊雅晴仔細看著幾張剪報對照，「妳看這個花紋，跟這張照片的花紋位置差不多，但是紋路不一樣。」她拿的是道場開幕的報導對照。

「同一場活動，不同的新聞社，照片拍攝者的位置有點偏移，但是花紋確實變化太大了。」林羽田也對照著這兩張圖片。

兩人把這些資料拿給特林沙看，後者看著圖片說：「其實那個蛋形水晶是上師供養的，那些自殺者的死亡會滋養水晶，從水晶裡孵化出來的人就是愛妮莎。」

「所以她用虛明上師暗示我們她在那個道場，但是希望我們……不要去找她？」楊雅晴問得很遲疑，又突然想到什麼，「或許是某個人把她困在那邊，逼她製作遊戲？」

她認為，愛妮莎會製作自殺遊戲是有原因的。

「假設有個人綁架了愛妮莎，逼她設計出遊戲，而這個遊戲會讓人自殺，如果對照愛妮莎消失前後通報的案件，她消失前大部分是自殘案件，但是在她消失後，自殺案件變得比自殘更多。」林羽田思考，「很有可能那個人原本就在操作類似的遊戲，只是不熟悉網路，但現在有了愛妮莎，就可以透過網路製造更多自殺者。」

「但愛妮莎不會幫他吧？」多恩皺眉說。

Pink在意的則是另一點，「從結果來看，這樣可以得到大量靈魂，可是對方要靈魂做什麼？」

「維持自身的能量？」楊雅晴提出猜想。

「愛妮莎靠吃的就能獲得能量，或許有其他人。」林羽田沒有忘記她的爆暴食屬性，「雅晴，妳回想一下，除了愛妮莎，妳還有看到誰？」

「我見到她時，她身邊並沒有其他人，不過奇怪的是，她身邊也沒有任何食物！」

楊雅晴突然想到古怪的地方——愛妮莎在充滿黑霧的地方不稀奇，但她居然不需要食物了？

白菱綺從剛才就在會議室裡，忍不住問：「難道她真的開始吞噬靈魂了？」

她開始有些擔心那個小不點，畢竟直接殺人吞食靈魂，通常是魔化的開始。

「這個量不太正常吧？」林羽炎看著名單提醒，「連妖族都不需要這麼大量的靈魂。最近自殺、意外死亡的人也有幾十人，如果全吃了，人魂的能量都能撐破她的肚皮吧？」

「需要這麼多靈魂的餵養，肯定是個很巨大的東西……」多恩也感到不妙，「BOSS？」

特林沙點頭，讓她講出幾天前預知夢的內容，關於彷若來自黑淵呼喚的鯨歌，以及垂死的龐然巨物。

愛妮莎失蹤跟遊戲看似是兩條線，現在卻結合為一，順著這樣的思路去想，那她看到的黑影會不會也是？

像在呼應多恩的猜測，地震又來了，這次比較不同的是，還有個低沉的聲音。

「嗚嗯——」

像是人痛苦時的哀號，又像是某種動物的叫聲，還帶著沉悶的水聲，讓人聽了之後有種受傷的感覺。

聽到聲音的特林沙睜大眼，似乎意識到某件事情，但她還沒開口，手機鈴聲先搶走了其他人的注意。

林羽炎的手機又響了。

「發生更多自殺事件了。雖然不是像孟露嫻那樣的炸彈攻擊，但是反而結束生命像一種流行病，開始在各大院校的學生開始紛紛結束生命間發生。經過我們協調，遊戲已經下架了，但是舊的參與遊戲者還是會自殺，只能先搞清楚那個人要拿靈魂去做什麼。」

「如果要收集大量的靈魂，也要有裝靈魂的場地……」

Pink 想到了一個地方，林羽田跟楊雅晴也異口同聲說出想到的地點。

「——虛明上師的道場。」

「道場的空間可以存放大量的靈魂，不過那個道場有主人嗎？」多恩問。

「有，陳子泉。」特林沙說：「而且地府那邊傳來消息，陳子泉的身體不見了。」

在之前的事件中，陳子泉的靈魂已經被收回地府了，但是他陽壽未盡，所以先將身體封鎖在醫院。特林沙從楊雅晴那邊得知道場是關鍵後，就派人去檢查陳子泉的身體，果然已經不見了。

特林沙看著其他人，思考了一會，慎重地說：「還有那個聲音跟地震的原因，我也大概明白了。」

她帶其他人走到外面。

外面下著細雨，而特林沙看著白菱綺，似乎在等她做什麼。

白菱綺像被點名的學生，不甘願地打了一個響指，神奇的事情發生了。

雨停了。

楊雅晴很驚訝，她是在表演魔術嗎？

特林沙接著抬頭看著陰暗的天空，比了幾個手印後唸咒，瞬間有一道光朝遠處衝去。

眼前的景象彷彿被揭開一層紗，所有人都看到了天空上的生物。

一隻看似鯨魚的生物從雲層穿出，祂將天空當成海優游，只是身形是半透明的模樣，身上有些黑色的斑塊像是受傷了，而祂的身邊還有一群白霧似的東西纏繞著。

所有人都被眼前的景象震驚了。

竟然有如此巨大的生物躲在雲中，太奇幻了！

內心的震撼跟情緒慢慢湧上，不知道這樣的龐然大物會造成什麼傷害的恐懼逐漸觸動內心，產生敬畏。

「這條鯨魚就是地震的原因嗎？」楊雅晴問特林沙。

Pink 卻瞪大眼睛，略微驚訝地開口：「那是……鯤？」

北冥有魚，其名為鯤。

難道這條鯨魚是《莊子．逍遙遊》紀錄的大魚，能夠舞空而起，在天上飛行，不是普通的動物。

特林沙沒有否認兩人的猜測，她的語速變快，「沒有時間詳細說明了，簡單來說，那隻鯨魚代表的是整個臺灣的精神。你們都知道萬物皆有靈這個概念吧？人類社會的精神集合體變成靈，就是你們眼前的鯨魚，只是這樣的靈很少會直接出現，除非——某些人為的事件影響。」

楊雅晴馬上想到那些自殺事件，會不會就是影響鯨魚的原因？

「社會文化、經濟、科技等就像是潮流，而精神在潮流之中出生。」特林沙看著那條鯨魚，「現在祂游得非常慢是因為失去了生命力，之前的叫聲跟地震大概都是祂造成的。」

楊雅晴還是不敢相信，她甚至可以聞到死亡的味道包圍著鯨魚，但又覺得是自己想太多了。

「所以鯨魚衰弱，是自殺事件造成的嗎？」多恩提出疑問。

「對，削弱祂的是那些自殺者的靈魂。」特林沙指著那些渺小的白色霧狀體。

「那我們還要調查道場……BOSS？」

楊雅晴才問到一半，轉頭卻發現特林沙不見了。

林羽田低下頭沉思，多恩則緊張起來，而Pink看著那隻鯨魚，露出有點哀傷的表情。

「BOSS消失了？」楊雅晴看著其他同事，「你們不緊張嗎？」

白菱綺嘆了一口氣，「說破就沒辦法了。」

她說完這一句也消失了，連同跟著她過來的人都消失了。

「白小姐？」楊雅晴不懂，為什麼白菱綺也不見了？

林羽田按住她的肩膀後搖頭，「不用找他們了，恐怕要先把事情解決，他們才會出現。」

楊雅晴看向那條鯨魚的方向，「為什麼？咦？連鯨魚也消失了？」

「你們的BOSS其實不能干涉你們，所以使用她能力看到的東西都會消失。」雖然鯨魚的出現讓林羽炎很驚訝，但是他似乎更了解特林沙消失的原因。

楊雅晴還是一臉茫然。

為什麼BOSS會不見?那個白菱綺也不見了?但其他人好像都知道為什麼?

林羽炎看她還是疑惑，盡量簡單地解釋:「妳就想成現在的事件是一張考卷，考生是整個臺灣的人類，所以不該填寫考卷的人，因為規則的關係不能出現。」

至於規則是某種天道，等楊雅晴事後再了解也來得及。

『除非，某些人為的事件影響。』

楊雅晴想起特林沙的話，試圖理解她的意思，「BOSS會消失是因為自殺遊戲是人為的事件，所以也必須用人為的方式阻止遊戲?」

「我們必須找到愛妮莎，讓她停止遊戲。」林羽田說出自己的猜測，「我猜愛妮莎的能力可以把靈魂傳送到鯨魚身邊。之前BOSS提到愛妮莎跟混沌有淵源，那愛妮莎就有可能用遊戲連通現實跟意識。」她提出自己的猜測。

「重點是現在要怎麼辦?鯨魚這個樣子，應該撐不了太久。」多恩有些焦躁，看到鯨魚的模樣，她才意識到自己的夢境並不是那隻鯨魚長毛了，那是祂的傷口泡水，導致組織潰爛，才會變成絮狀的模樣。

「或許我們可以透過遊戲連結那隻鯨魚?」Pink精通傳送術，他們妖族可以透過陰陽施法，或許也可以建立法術跟科技的連結。

「我來做通道，至於遊戲……」Pink看向楊雅晴，「妳有親眼見過愛妮莎，或許可以連結到她那邊。」

楊雅晴馬上想到，「我的電腦！裡面的遊戲應該還在。」

※

龐大的事物在必經的死亡過程中，會影響到數以萬計的生命。

Pink看著遠處的天空，雖然他的能力不足，無法再次看見鯨魚，但他妖族的血脈依舊能感受到隱約的波動，也能感知到那份精神能量的動盪不安。

隨著自殺事件的增加，這頭代表臺灣精神的鯨魚也正在走向死亡，他甚至感覺像在陪伴重症的病人，想要挽回卻發現自己無能為力，對無法改變的結果感到憂鬱。

鯨落，是指鯨魚死亡後屍體落入海洋的過程。

儘管地球上的海洋空間很大，鯨類有上百萬頭，但是真正能形成鯨落並被記錄的不多，除了紀錄得不完整，還有形成鯨落的條件很苛刻，死亡的鯨魚必須達到三十噸以上，不然太輕會浮到海面。

鯨魚死亡後，屍體掉入海淵，會餵養海中無數的生物，包含深海魚類、甲殼類、多毛類跟細菌，從死亡到死後數十年甚至可以建立一個小型生態。

悲傷低沉的鳴叫聲，雖然現實世界無法聽到，但是在愛妮莎所在的虛擬世界卻不斷傳來。

孟露嫻站在黑霧中，遠處漂浮著巨大的身影，但已經不再游動。

她小心翼翼地靠近，這個巨大生物已經出氣多，進氣少，身體落在類似海淵的地方，周圍的鬼魂們則環伺在周圍。

不遠處明明該是海淵的景象，卻有著幾臺電腦，電腦線路連接到包著愛妮莎的卵，這個幻境也依憑著她的能力存在。

『社會悲歌重啟，自殺事件頻傳。從國中自殺事件開始，越來越多自殺事件發生，年輕人自殘的行為開始風行，請家長們注意孩子的心理健康。現代人面臨壓力、孤獨、失落等情感困擾，這些情緒是可以被克服和解決的，可以透過各種方式來轉移注意力，並保持樂觀的態度，相信自己可以克服困難，重獲自信和希望。』

隨著新聞報導的聲音，電腦裡又有新的靈魂出現，靈魂面無表情，隨著海流漂到了鯨魚身邊。

靈魂像帶著毒素，鯨魚感受到靈魂靠近時似乎非常想遠離，發出低沉的聲音，奮力想要擺尾，但只是搖晃一下尾巴又動彈不得了。

而現實世界中的陳子泉把寫好的生辰八字貼上一個小罐子，這個小罐子也被擺到他背後的架子上，上面已經有數百個瓶子。

每個瓶子都是他的戰利品。

他露出享受的微笑，「這個遊戲太棒了。」

像冒險者找到了寶藏，只是他的寶藏是別人的死亡。

當年他被收養後，雖然曾經短暫得到過養母的愛，但養母很快就發現他的缺陷。之後養母懷孕，妹妹出生後，養母的男人跑了，使養母得了躁鬱症。

養母要他出去工作養家，他也願意為了家人工作。

直到某天他回家，發現存款被領走了，養母帶著妹妹失蹤，他才意識到自己再一次被拋棄了。

儘管他休息一段時間後還能工作，但他覺得自己破碎了，他不懂自己為何總是被拋棄。

他在工作後的閒暇時間，想辦法進修心理課程。

之後跟一個心理師開了一間心靈教室，透過遊戲、學程幫助憂鬱的人。

但是這個過程中，他發現自殘、自殺這幾個名詞不斷出現。

或許是自己曾經破碎過，他的課程非常受歡迎，他也漸漸開始對自殺產生興趣，人們可以透過遊戲的方式模擬角色，例如扮家家酒，那是不是也可以透過遊戲練習自殺？

聽到他理論的心理師崩潰了，或許是分手、課業的壓力，他對他吼：「你到底有什麼問題？」

這句話也戳到他的傷心處，身上的疾病讓他無法產生同理心，想要連接他人卻總是被拒絕。

所有問題的結論都是他不懂、不能共情，可是這就是他的硬傷，他的大腦讓他沒辦法理解。

求而不得的憤怒讓他動手攻擊對方，兩人打成一團，最後他殺了心理師。

『我其實很厭煩……那些病人總是說自己好痛苦，想要結束這一切。』

心理師的話不斷在耳邊迴盪，而他看著心理師的屍體，突然有種靈感。

現在的心理師，不就脫離了這份苦惱嗎？

他感覺自己終於找到答案了！

既然想要結束這一切，死亡就可以結束這一切啊！

他開始創造遊戲結構，放入很多心理學概念，並且用報紙對社會上的人們邀請。

『真的想要結束這一切，就來找我吧！某某時報，心理教室。』

當時，他甚至可以要學員直接在教室自殺，直到有人報警，讓他被警察盯上。

對他而言這就是遊戲，可以讓他獲得快樂跟舒緩，就如同神話中的惡甘斯。

他對欣賞上癮了，他想繼續看著人們自取滅亡的樣子。

看著新聞的報導，陳子泉微笑起來，越是報導就越是鼓勵，就算報導的內容是提醒大家樂觀，但是人們哪能真的記得所有內容。不斷提起那個詞，反而是不停推動他的計畫。

自殺、自殘、自殺、自殘。

忙碌的大人們沒空關懷孩子，只能禁止自殘的行為，甚至避諱自殺這個詞，可是越制止孩子，就越激起孩子的叛逆，這個遊戲就更吸引人。

死亡的人越多，他的計畫就越成功。

他滿意地坐到電腦前，想跟愛妮莎對話時，意外看到那個虛擬世界的景色。

『**那是什麼東西？**』他問著電腦的另一端的人。

此時，他居然看到電腦裡的世界不再是小方塊的模樣，而是真實精緻的畫面。

在愛妮莎的背後有個身形巨大的軀體側躺在沙地上，他還看到了巨大的魚尾，那難道是一條鯨魚？

此時愛妮莎已經不在卵中，而是又回到電腦前。

「那是鯨魚。」她臉色陰沉地回答他：「代表這個島嶼的精神。」

『**是妳做的嗎？**』

他很驚訝那樣的龐然大物居然存在於那個世界。

『**這是特效嗎？還是什麼功能？**』

「不是，祂一直都在，只是因為你，現在祂快要死了。」愛妮莎表情平淡地說。

現實世界的鯨魚會死亡，是因為吞食垃圾、海域汙染或者受傷，同樣的，精神吸收了有毒的靈魂、敵意的環境，還有自殺的痛苦也反饋在精神上，促使祂接近死亡。

陳子泉雙手握拳，瞳孔瞬間縮了一下，小心翼翼地確認：『**因爲我？**』

「是的，你快要害死祂了。」

自從跟混沌共享知識跟記憶，愛妮莎的內心漸漸缺少了人性，但此時，她用批評的語氣，指責眼前的人。

但是對方看著螢幕內的自己，緩緩彎起嘴角，最後變成一個惡意的笑容。

『**那太好了。**』

自己居然可以造成這麼巨大的傷害。

第八章　至死

林羽田跟著楊雅晴來到她的租屋處，因為下載了遊戲的筆電放在家裡。

「我之前從我媽那邊回來，電腦好像放在門口。」楊雅晴一邊解釋一邊開門。

剛打開門進去，神奇的是電腦螢幕也跟著亮起。

「咦？我的電腦沒關嗎？」楊雅晴進門後，查看電腦的狀況。

詭異的事情發生了，她的手剛碰到鍵盤，就感覺到一種失重感……她還以為自己是累過頭，卻無法控制身體。

她就這樣暈了過去，林羽田慌忙抱住楊雅晴的身體。

「雅晴！」

楊雅晴一昏過去，林羽田立刻抱起她想要出門，卻撞上跟過來的林羽炎。

「我看看！」

林羽炎沒有了往常的悠閒，手扣住楊雅晴的脈門，馬上拿符咒貼在楊雅晴的臉跟肩膀上，接著開車將兩人載往醫院。

一路上，他看著自己妹妹擔心的樣子說：「她的靈魂受傷，妳都沒注意到嗎？」

「靈魂？」林羽田一臉茫然。

「她最近壓力很大，你們還說她有跟遊戲連接過，那應該有沾到一些能量。」林羽炎一邊開車一邊說，「而且她的氣色不好，她沒有跟妳說心事嗎？」

「我沒注意到。」林羽田有些自責。

林羽炎分析給自家妹妹聽，「畢竟她之前是普通人，現在突然看到這麼多生死，再加上開會時要跟上你們的進度，難免會有挫敗感。」

他跟妹妹從小就是重點培養的對象，要學習相關知識、修煉心法等等，不會畏懼那些妖魔鬼怪，畢竟他們已經習慣了這樣的環境。

但楊雅晴原先的環境並不是如此。

任何人面臨轉變，都不可能這麼快就適應，其實楊雅晴已經表現得不錯了。

「我……」林羽田看著自己的哥哥，有些心虛地說：「我們也都是這樣過來的。」

屍體、鬼魂跟那些非現實世界的東西，她早就看到麻痺了。

「妳還帶她去驗屍。」林羽炎說。

林羽田理直氣壯地說：「她想要在調查中心，當然要適應那些事。」

「那妳花了多久才適應？」林羽炎看了一眼後照鏡，然後繼續看著前方，「我們從小就在適應，我們身邊的人也習慣了，但她不習慣。身邊除了你們那群同事之外，沒有人跟她討論這種事情。」

經過這幾天的觀察，他知道楊雅晴雖然有點能力，但同事們都比她厲害，又沒有可以訴說的對象，這不上不下的處境反而更孤獨。

「我有在她身邊陪她啊！」林羽田有些心虛地說。

「小田，我知道妳有私心，一是想要她依賴妳、主動靠近，二是想要她被家族的人認同，所以希望她快點適應，但妳也該考慮她能不能承受。」林羽炎勸說。

林羽田被點破後，羞窘地沉默下來。她抱著楊雅晴的手收緊，十分害怕這是最後一次跟她貼近，畢竟自己的行為聽起來非常自私。

但我真的不想失去楊雅晴啊！

林羽田忍住想哭的情緒，「……我不想失去她。」

楊雅晴願意到調查中心時，林羽田看似平靜，內心卻很開心，也更希望楊雅晴待在自己身邊久一點，甚至刻意不教她，想要楊雅晴主動靠近自己。

但是意識到自己的想法後，林羽田又陷入自責。察覺到自己的私心後，她甚至可以想到，如果楊雅晴因為對鬼魂的知識不夠，失去警惕性，反而恐怕會有生命的危險。

或許這種事情已經發生了。

此時，楊雅晴在自己身旁昏迷不醒，她希望楊雅晴能醒過來，哪怕是再次忘記自己也沒關係，至少她能正常生活。

看到自己妹妹露出難過的表情，林羽炎看了一眼後照鏡，說：「妹，如果我反對妳們，我就不會讓妳去那間幼兒園，也不會讓妳到調查中心了。」

他身為林家的家主，能力是可以觀看過去和未來，如果他想避免，是可以閃過的，但他終究還是把妹妹送過去，讓該發生的事情發生了。

「哥？」林羽田看著眼前的哥哥，一臉疑惑。

這是她想的那個意思嗎？

「不管妳喜歡誰，我都支持妳。」

林羽炎把車子開到急診室門口時，林羽田抱著楊雅晴下車，對哥哥真誠地說：「謝謝，哥。」

「加油啊！」

林羽炎看著她關上門，把車子開去停車場。

然而，他把車子熄火後沒有馬上下車，反而拿起電話。

※

經過醫院一系列的檢傷檢查，確定楊雅晴身上沒有任何傷口，醫生皺著眉問林羽田：

「呼吸、心跳是穩定的，那她是怎麼昏倒的？」

「就是進房間拿東西，就突然倒下去了。」林羽田緊張地說。

「有使用什麼藥物或吃下什麼食物嗎？有沒有疾病史？」

「沒有，她滿健康的。」林羽田想了想，細聲說：「但最近可能因為工作，壓力有一點大……

呃！還有看到屍體的影片。」

林羽田說是網路上散布著孟露嫻的影片，楊雅晴才會看到。

醫生聽到她的話，又去做了其他檢查，確認不是身體的問題才告訴林羽田：

「楊小姐可能是心理性的昏迷。若生活中突然遇到重大的創傷事件，出現壓力疾患的狀況，像是傷害自己、大哭、無法做日常工作、生活，尤其是接觸到跟創傷有關的事情，就會有牴觸的動作或反應，每個人會有不同的症狀。」

按照林羽田的描述，醫生判斷楊雅晴是參加同學喪禮後，因為工作壓力過大，加上看到屍體的影片才會陷入昏迷不醒的狀況。

「那她現在要住院嗎？」林羽田緊張地問。

「對，要辦一些手續，妳是她的家人嗎？」醫生看著林羽田，看她這麼在乎病床上的女生，兩人卻長得不太像，一個猜想在腦海浮現。

護理師把一些文件拿過來，「簽一下這個。」

林羽田沒有注意到醫生的神色，「我簽。」

她剛要接過來，卻被醫生攔住。

「小姐，妳是她的家屬嗎？」醫生再次警戒地問。

林羽田慌張地說：「我是她的……朋友，她的家人都在另一個縣市。」

面對那些詭徒都不害怕的她，看到楊雅晴昏迷不醒，就覺得像天要塌下來了。

醫生卻搖頭，「不行，這個只能由家屬簽，妳去通知她的家人來。」他刻意說：「除非是她的男朋友！」

林羽田除了焦急，還有種被歧視的感覺。

她還想爭取，文件突然被人拿走——只見林羽炎大筆一揮，馬上簽好名字。

人。

「我們有通知了，只是暫時當連絡人而已。對了，剛剛那床的病人找你喔！」他指著某床病人。

醫生疑惑地看著兩人，但很快，病床的急救鈴就響了，病人的情況突然危急，需要馬上急救。

「哥，謝了。」林羽田等護理師吊好點滴，握著楊雅晴的手。

這時，多恩跟 Pink 也被叫來醫院。

「小晴還好嗎？」多恩看著病床上的楊雅晴。

「你找我們過來幹嘛？」Pink 問林羽炎。

「幫你們解決事件嘍！」林羽炎指著楊雅晴，「她的夢境被小不點連接過吧？」

「對，小晴幫愛妮莎傳話過……喔，你的意思是她的夢境也能和愛妮莎跟遊戲連結？」多恩突然想到，之後又轉向林羽田，「不過小晴怎麼會變成這樣？」

「她剛碰到電腦就暈倒了，不管我怎麼喊，都沒有醒來。」因為擔心楊雅晴，林羽田整個人顯得慌亂和陰鬱。

Pink 判斷，「可能是遊戲的問題，或許她玩遊戲時被下了某種標記。那個自殺遊戲帶著強烈的惡念，而小晴對惡念很敏感，所以碰到和遊戲有關的電腦，會暈過去也不意外。」

「總之，小晴好像陷入了不明原因的昏睡。」多恩看著病床旁的資料說。

說實在，他們調查中心跟醫院也太有緣了。

「既然小晴在昏迷，或許我們可以透過她的夢境找到愛妮莎。」Pink 運起妖力，並把手放在楊雅晴的額頭上，準備建立通道，「小田。」

林羽田握住 Pink 的另一隻手，意識跟著 Pink 進入楊雅晴的夢境。

※

他們進入了楊雅晴的夢境。

四周充滿了地震跟焦慮的感受，林羽田看著周圍的景色。

每個人的夢境都取決於自身的意識，有些人的夢境像是檔案庫，有些人則融為一體，變成優美夢幻的景色，還會有電影或夢境原本的主人出現。

楊雅晴的夢境像是博物館。她記憶深刻的畫面變成許多雕像、畫像、物品，被裝在玻璃櫃裡。林羽田一個個看過去，旁邊有小小的介紹。

她發現，那些雕像其實並不需要裝進玻璃櫃，但這也表示楊雅晴的內心是緊繃防備的。

她慢慢往深處走，展示品也越猙獰恐怖，例如楊雅晴之前被女鬼嚇到的那一幕，也被製作成畫像掛在牆面上。

還有孟露嫻屍體血淋淋的模樣，將楊雅晴恐懼的部分被放到最大。

林羽田原本只是看著四周觀察，直到她看到自己殺死高文樹的一幕被擺在空間的正中央，罩上玻璃罩，還用黑布蓋著，她才意識到，自己對楊雅晴的傷害有多深。

就如哥哥所言，生死對她跟對楊雅晴來說差別很大，她卻沒有注意到這件事。

林羽田深吸一口氣，「雅晴，抱歉。」

這是她的盲點，畢竟她從小就接受訓練，把生死看得很淡，但楊雅晴是直到大學才真正看到鬼魂，又遇到高中同學的死亡，難免會被死亡這件事困住。

林羽田咬著唇，她當時被伊瑪哈惑附身，親手在楊雅晴面前殺了高文樹。儘管楊雅晴並沒有討厭她的反應，但對一個普通人而言，殺人的景象應該非常可怕才對。

白菱綺的聲音突然傳來：

「她還沒有完全想起來對吧？只要她想起過去的事情，越靠近真相，能力就會越弱，妳害怕她會失去能力吧？」

原來是白菱綺的雕像說話了。

「是我太弱了。」突然，其中一個雕像也開口。

林羽田看向開口的雕像，瞪大了眼，「雅晴！」

是這座雕像在跟白菱綺的聲音對話嗎？

Pink 卻按住林羽田的手，「沒時間談情說愛了，我的妖力有限。

開啟這個通道也是在消耗他的妖力。

「要照顧我這個菜鳥，還要追捕那些鬼魂，妳一定很辛苦吧？」雕像模樣的楊雅晴對同是雕像的林羽田說。

短暫地沉默後，**Pink** 索性對整個空間大喊：

「小晴，我需要妳回想一下愛妮莎跟那個遊戲，然後想像一道門讓我們進去！」

回應他的只有靜默。

林羽田回想著自己的經驗，向楊雅晴喊話：

「雅晴，妳並不弱，我第一次看到死亡的時候，也很不舒服又害怕，我甚至不想去出任務，因為我覺得屍體很骯髒，鬼魂很可怕。但是，有個人跳出來保護了我，我才發現人不一定是因為喜歡才去做一件事，有時候是想要保護某個人，才會去做那些事。

若面對死亡時，將死亡當成一個困境，死亡就會困住我們，但如果我把死亡當成一個課題或者題目，就不會這麼可怕了！它會變成一張考卷，只是需要時間回答而已。」

林羽田看著周圍，「雅晴，我不覺得妳弱，我……其實我不希望妳獨立。我是希望妳靠近我、依賴我，但我錯了，對不起，沒想到會讓妳有這麼大的壓力。」

Pink也跟著開口：「小晴，在我眼中，妳是人族裡很好的人類了。即使面對我的外貌，妳也能馬上修正自己的態度，我很高興妳是我的同事。」

有許多人族會過來調查中心，但他們都對自己的外貌有意見。然而，楊雅晴除了第一次感到困惑，卻從沒有糾正或者批評過。

林羽田伸手撫著楊雅晴雕像的肩膀，「雅晴，我需要妳，幫助我。」

雕像依舊一點反應都沒有，但是，遠處有個地方卻亮起了燈。

被照亮的是一扇角落的小門，Pink走過去推開，門後是一片黑霧。

有人說恐懼會讓人怯步。眼前的黑霧裡有什麼，誰都不知道，這股未知引發恐懼的心理，讓Pink少見地遲疑了一下，但是下一秒還是踏入黑霧。

他喚出自己的狐火，那是可以對鬼魂造成傷害的火焰，在黑霧中卻只有一點照明的功能。

「小晴？愛妮莎？」他在黑霧中喊，發現遠處有隻狐狸的身影，螢綠色的眼睛正看著自己。

Pink 回過頭，卻看到背後變成了一堵牆！

他似乎陷入了某種幻境。

※

Pink 的身後，林羽田雖然想留在楊雅晴的夢境裡，但衡量後，還是覺得處理鯨魚的事情要緊，因此跟著 **Pink** 的腳步踏入黑霧。

但她前面沒有任何東西，甚至沒見到 **Pink** 的蹤影，明明前一刻還有看到他的背影啊！

「**Pink**！」

沒有得到任何回應，林羽田再往前走，卻看到一棟建築物。

愛妮莎閉著眼睛坐著。

不跟那個人對話時，她都保持著休息的姿態。混沌將過量的資訊塞入她腦中，她需要大量的時間來消化這些。

她能感受到混沌跟自己「共享」的記憶跟知識，混沌也因為她，得到了使用電腦跟網路的能力。

她沒辦法拒絕混沌的「共享」要求。

簡單來說，就是因為混沌複製了一份記憶到她的腦海裡，她的大腦儲存了過多的資料，所以混沌趁她消化資料、沒辦法抵抗時，擅自提取了一份愛妮莎能力的資料。

太多東西進入腦海，最直觀的感受就是必須進入純粹的理性，才能處理那麼大量的東西。

她沒辦法用心感受、咀嚼每件事，因此感性的情緒離她很遠。

這種感受是她誕生在這世界上後，最初的感覺。

那時，她沒有情感，能聽到的就是重複的念誦聲。她知道眼前的人叫虛明上師，每天都會唸經講道、吸納信徒，她卻無法聯想到這麼做的前後因果。

她知道虛明上師想要更強的力量，並用美麗的語言包裝死亡，而那些信徒也很相信虛明上師，甚至聽信他的畫，把其他信徒關起來。

然後虛明上師將關起來的信徒獻祭給愛妮莎。

她得到了靈魂、吸收為力量，然後實現上師對財富的要求，殺死某人、改變一些想法、數字。

那些信徒就像虛明上師許願的籌碼，一條生命可以驅使她去做某些事情。她當時沒有善惡道德的觀念，只會衡量那條生命能餵飽自己多少，她又可以做多少事情，然後給予回應。

直到最後兩個信徒。

當時她就在虛明上師的背後，看著虛明上師揹在背後的手中拿著槍，另一手持念珠。表情語氣是慈悲的，但如果看得到虛明上師的心思，就會知道此時的虛明上師根本正與瘋狂共舞。

「只要你們爭鬥，剩下的那個人，活下來就可以獲得至寶。」

虛明上師是這樣說的，但說不定連他都不知道至寶是什麼。

愛妮莎當時冷漠地想，她甚至能猜到即便信徒們殺到剩下最後一人，最後的獲勝者也會被虛明上師用槍射殺。

果然，槍聲響起。

那聲槍響沒讓她有任何心驚，唯一讓她意外的是，虛明上師獻祭靈魂給自己後提出的要求。

『我要變成佛！』

虛明上師已經走火入魔了。他不滿足於現在的身分，他想要當一個更偉大，甚至擁有力量的人，他是至上無極的上師，怎麼可以跟平凡的人類一樣吃喝拉撒睡呢？

『我不會。』愛妮莎直接拒絕了。

拿走生命或短暫地改變他人的想法，愛妮莎還能做到，但是人類想像出來的神太完美，甚至超越了她能做到的範圍。

虛明上師激動起來，『就只是變得更完美啊！不會被世俗困擾，變成更高等的，不會被限制的樣子……或是變成妳也可以！』

如果他也可以擁有能實現願望的能力，那他就不需要卑微祈求了。

愛妮莎想了想後，同意了虛明上師的要求。

她殺了虛明上師，之後吸收他的生命跟靈魂，甚至將肉體都打碎，融合進自己的體內，將他的能量都吸收殆盡。此時的他徹底跟自己融為一體，也完成他的願望——讓虛明上師變成了她。

虛明上師身為一個修行者，或許是靈魂真的有所提升，因此愛妮莎吸收了虛明上師之後，她居然從一個卵變成了人身。

她好奇地東摸西摸。

血的味道、檀香的味道、木頭堅硬的材質、人體外表柔軟的皮膚……她蹲在屍體旁邊，用手撐開那些傷口。溫熱的血摸久了有點黏黏的，臟器外面有好幾層膜之類的東西，骨頭就在肌理中間。有些身體，還會因為她的碰觸而抽動。

她覺得很有趣，彎起嘴角。之前她只是吸收了生命、能量、靈魂，直到融合了虛明上師，她才真的有了觸感。

她天真好奇的樣子，在屍堆裡看起來特別刺目。

——這也是特林沙看到的景象，一個天真的女孩在屍體上挖弄。

『別這樣做。』特林沙開口說。

『妳是誰？』愛妮莎歪著頭，嘗試用自己的能量去攻擊，對方卻可以抵擋。

『妳不該這樣傷害生靈，跟我回去吧！』特林沙說：『我叫特林沙。』

從以前到現在，都是別人要求自己做各種事，愛妮莎從沒有遇過制止的要求，因此歪著頭問：『這樣不對嗎？』

『破壞屍體是不對的。』特林沙對她提出邀請，『妳現在的樣子太危險了，但妳當我的下屬，我就可以庇護妳。』

愛妮莎歪著頭想，既然提到了「庇護」，那這個女人應該不會消滅自己吧。

她接受了特林沙的「契」，跟她離開道場。

她是第一個來到調查中心的人。

愛妮莎看著周圍的建築問：『妳要把我關在這裡嗎？』但這些水泥是關不住自己的。

『妳的能力太強，卻沒有入世過，我不能讓妳在人界亂跑。等妳學會控制力量，就可以去外界了。』特林沙打開電腦，溫和地說：『妳可以先透過這個，學習入世。』

她只教了愛妮莎看影片跟網頁搜尋。

當天晚上，愛妮莎看完了五集犯罪調查的美劇，之後走到辦公室問特林沙：『我可以叫妳BOSS嗎？』

特林沙點頭，『好啊。』

之後很長一段時間，特林沙就像她的BOSS，是克制她的存在，卻也讓她欣賞這個世界，不再只是孤單一人。

之後特林沙又帶了**Pink**、多恩、林羽田還有楊雅晴回來。

在調查中心，她最喜歡的還是網路。一條網路線，可以讓她看到各種影片、文字，人們的言論、想法也都匯集於這個世界，她也越來越像是一個人。

她幾乎是「住」在網路世界，也可以操弄那些程式語言，同事們甚至開始依賴她對網路的熟悉。那種感覺好特別，有時候會覺得為什麼都要找我，但更多時候是覺得大家都需要我，感到很愉悅。

『這就是被信任的感覺啊！』多恩對她說。

被「信任」嗎？

她得知了那種感覺的名字。

她其實很喜歡被人信任，為了得到別人的信任，她想做更多事情，讓她的同事們訝異驚嘆。

愛妮莎在虛擬世界中睜開眼睛，遠處已經不再傳來鯨魚的鳴叫聲。

她來到鯨魚的身邊，伸出手摸著鯨魚，跟那隻眼睛對視。

鯨魚太過龐大，大到光是靠近看著祂的眼睛，就無法看到其他部位。

她側頭看到電腦仍然在傳送新的靈魂，而鯨魚已經躺在地上，卻還在吞吃那些靈魂。

愛妮莎摸著鯨魚，許多黑霧組成的線從她身上延伸出來，如昆蟲節肢的黑線連到鯨魚身上。

鯨魚正在痛苦地忍死等待，這已經是祂的最後階段了。

愛妮莎轉頭指揮起電腦，讓遊戲傳送更多靈魂過來。但在電腦運行時，其中一臺卻爆炸了。

有個人衝過來砸壞了一臺電腦，隨後另外幾臺電腦也跟著爆炸。

有人破壞了愛妮莎的設置——意識到這件事，愛妮莎拿出自己的虛擬武器，來到被破壞的電腦前，卻意外看到了林羽田跟 **Pink**。

愛妮莎驚訝地問：「你們怎麼在這裡？」

「愛妮莎？妳被控制了？」**Pink** 想上前，卻被愛妮莎的結界擋住。

「我沒被控制，你們快點回去吧。」愛妮莎別過頭，但是背後傳來的破壞聲響讓她停下腳步。

林羽田破壞另一臺電腦後問：「為什麼要做這種遊戲，妳知道這樣會把那隻鯨魚弄死嗎？」

「這是陳子泉要我製作的，而且死亡本來就是必經的過程。」愛妮莎冷淡地說。

經過混沌的共享，她的人性被降到了最低，甚至把自己擺在更高的位置看待人類的生死。

她用黑霧組成畫面，給他們看看陳子泉是如何藉著網路綁架她的。

就在這時，現實世界的陳子泉也注意到虛擬世界裡的 Pink 跟林羽田。

「你們是誰？為什麼可以出現在那邊！」他激動地抓住電腦螢幕，恨不得鑽進去阻止他們。那個艷麗的女人跟拿著黑弓的女人是怎麼回事？為什麼要破壞他的「遊戲」世界？

他焦急地想進去電腦裡，因此看向周圍，思考著怎麼樣才能進去。

而虛擬世界裡，Pink 提醒愛妮莎，「那不是陳子泉，是附身在陳子泉的人，真正的陳子泉已經被送到地府了。」

「我知道他不是陳子泉，重點是我有要做的事情。」愛妮莎試著讓電腦恢復運行。

林羽田也勸說道：「在陳子泉身體的靈魂是個反社會病態者！他的行為會害死鯨魚的。」

「我就是要祂死，因為……」

愛妮莎的身影突然拔地而起，變成可怕巨大的黑色死神。

死神揮出鐮刀，攻擊 Pink 跟林羽田，兩人也快速閃開。

日夜相處的同事現在突然拔刀相向，林羽田不解地問：「為什麼？妳不是這麼黑暗的人啊！為什麼要做引人自殺的遊戲！」

「不，我必須做這件事。」愛妮莎繼續操控死神跟林羽田、Pink 戰鬥。

林羽田想解釋，「不是的！他們不是真的想死，只是想要逃避壓力……」

「妳錯了。」愛妮莎一揮手，周圍出現了無數個影片，構成死神的護身光環，「他們是真的想離開這個世界。」

她可以解鎖那些最不為人知的影片。

在網路世界中，有許多人在匿名或未公開的地方，才能真的痛苦、哭泣、怨恨。

沒有人注意到，陳子泉消失在現實世界中的電腦螢幕前。

「愛妮莎，網路世界跟現實不一樣。」Pink也勸道。

「哪裡不一樣？你們拚命把真實送上網路，為什麼又說網路跟你們的真實不同？」

「萬一有人後悔呢？經歷過後不想死呢？」林羽田逼問。

「妳這樣決定別人的死亡，其實很可怕，因為妳並不是上帝。」Pink接道。

愛妮莎似乎冷靜了一點，「……不，死亡不是可怕的，況且我的遊戲有一個後門，這些靈魂都是篩選過的。」

選擇自殺的人在這個後門，可以選擇後悔或者真的死亡。

後悔的人在通過「死亡」的難關後，可以看清自己真實的想法，然後行動，而真正對人生失望的人會死亡，他們的死，會讓周圍的親朋好友意識到問題。

就像孟露嫻遇到了骷髏，只是她沒有通過考驗，她的內心還是被黑暗汙染了。

某個影片被放大到林羽田的眼前。

影片裡，孟露嫻對著鏡頭說：

『產生死亡的想法並不可怕，這只是一種思考改變的型態，真正可怕的是，那些面對呼救卻無視的家人，他們只要求你呼吸，卻不思考。』

她的絕望，來自於家人的冷漠以待。

——如果真的愛我，為什麼連聽我講話的時間都沒有？

孟露嫻的疑問也是她的黑暗，她的要求被貼上自私的標籤。她甚至認為，如果真的無法養育孩子，為什麼要把孩子生下來，再來罵孩子對愛的需求很自私？

她的父母沒有選擇考慮，所以她替父母選了——結束自己的生命，賭氣地用自己的死亡反駁他們。

——既然說我自私，那就都還給你們吧！

三人的戰鬥仍在持續。

愛妮莎的攻擊有些失控的傾向，因為她明明在網路看到這麼多人的「痛苦」影片，那些人的痛苦卻總是被否認。

林羽田跟 **Pink** 說的現實，是她沒辦法到達的現實啊！

這也是她願意設計遊戲的一部分原因。

她在那群求死的人身上，看到了一部分的自己，況且這也是混沌的要求。

在這個空間裡，愛妮莎的意志可以變成堅硬的屏障，所以林羽田沒辦法攻擊到死神。

她跟 **Pink** 交換了眼神。

既然愛妮莎那麼在意遊戲，那就轉而攻擊旁邊的主機。

她彎弓搭弦，射出一支箭。

「不行！」陳子泉突然出現，用身體抱住電腦。

他看著電腦裡的遊戲，表情深情得像正抱著戀人。

但很快，他的身體就燃燒起來，因為林羽田的箭生出黑色的火焰，吞食了他。
不料，他卻變成黑霧，衝向鯨魚！
林羽田跟 Pink 想阻止他，愛妮莎卻讓死神無限放大，將鐮刀揮向林羽田跟 Pink——

尾聲　後生

那一刀下去，擋住了林羽田跟Pink的行動。

陳子泉化作黑霧，鑽進鯨魚的頭部，鯨魚的身體瞬間抖了一下，闔上眼睛。

鯨魚死亡了。

所有靈魂跟黑霧都衝向那頭鯨魚，想要吞食祂的身體。

林羽田跟Pink往後退，那些靈魂則不停往鯨魚的方向衝去，越來越多的靈魂因為密集，而令人感到噁心。

幾秒過去後，Pink發現不對勁，「那些靈魂還在進去。」

等靈魂漸漸減少了，兩人才看到鯨魚的身軀不見了。

靈魂被吸收了，鯨魚卻變成了一顆黑球，不像是真正的鯨魚死亡，更像是恆星在生命末期，因為不能維持自身重力而坍縮，所有的東西都被吸到那顆黑球中。

不久後，黑霧被吸走，整個空間顯現出來。

他們身在四面漆黑的空間，腳下踩著類似水面的玻璃，每次踏步都能激出漣漪，又能清晰地看到水面之下。

「雅晴！」

林羽田這才發現，楊雅晴就在水面之下，兩人一個抬頭一個彎身，都急切地想到對方身邊！

林羽田不假思索地伸出手，楊雅晴也將手舉向林羽田，兩人的雙手碰到了彼此。

林羽田一把拉住楊雅晴，將她拉到了自己的空間。那一刻，兩人的眼裡都是慶幸跟欣喜，但她們還沒有說話，整個空間突然傳來爆炸的波動。

所有人都被震倒，雖然肉體上沒有受到傷害，卻像被按了靜音鍵。

有一瞬間，沒有任何聲音傳進耳裡，只有奇怪的耳鳴聲，然後才能漸漸聽到其他人的話聲。

楊雅晴拉著林羽田站起身，看著四周。

愛妮莎正站在她們面前，她似乎利用了黑霧，保護他們不被爆炸波及。

「祂死了。」Pink 看著周圍說。

這個空間看似在下雪，卻不寒冷。

鯨落發生的海域中，產生出來的組織、細菌、藻類、浮游生物等等會形成海洋雪，海洋的透光層使海裡也出現下雪般的情景。

此刻，他們就在這樣的雪中。

愛妮莎伸出手，接住飄落的雪花，滿足地閉上眼。

「轉化完成了！」

她剛說完，整個空間開始坍塌崩毀，彷彿之前可以完好地存在是有愛妮莎的支撐。

林羽田也伸出手，那些雪花落在她的手上，「這是魂？」

以道家的知識來說，這與其說是靈魂，更像是靈魂的碎片。

她想到愛妮莎說的「轉化完成」，難道愛妮莎不是想殺死鯨魚，而是透過鯨魚轉化那些靈魂？
就在所有人遲疑時，遠處突然又傳來鯨魚的鳴叫聲。
有其他隻鯨魚？
「看！」Pink抬頭，發現這個空間的天空裡又出現了鯨魚的身影。
但是，這隻鯨魚的體型明顯小了很多。
「是鯨魚的小孩嗎？」楊雅晴驚訝地問。
「死而後生，生不止息。」Pink有所感悟地說。
「先別管了，快離開啦！我累死了。」愛妮莎指著遠處的門。

※

Pink跟多恩帶著愛妮莎回到調查中心，林羽田則留在醫院陪楊雅晴。
迎接他們的是再度出現的特林沙。她的出現，也代表事件是真的解決了。
愛妮莎蹦跳到特林沙面前，說：「BOSS，我回來了！」
特林沙上下打量愛妮莎，「遇到祂，感覺如何？」
特林沙似乎知道愛妮莎一定會遇到混沌，她在觀察愛妮莎是否有異樣。
而愛妮莎歪著頭想了想，「突然間知道了很多東西，我覺得以前的自己很笨。」
特林沙雙手抱胸，有些戒備地問：「那現在，妳擁有了混沌的力量……還會想回來嗎？」

自從見到愛妮莎，她能感受到愛妮莎體內豐沛的力量，讓她對愛妮莎的去留感到擔心。

愛妮莎卻直接回答：「我還是喜歡在調查中心。」

經過鯨魚的事件，愛妮莎突然有點理解特林沙的擔憂了。

確實，以前的自己懂得太少了，沒有束縛就在人界亂跑一定會造成很多困擾。現在的人界像是美麗清透的結晶，隨便一點意外來臨，就會整個破碎，而自己很可能就是那個意外。

愛妮莎還願意留下來，表示她會繼續做特林沙的下屬，繼續受到「契」的束縛。

特林沙對她微笑，伸出一隻手，「那，歡迎妳回來。」

愛妮莎也微微笑著，握住特林沙的手。

兩人重新通過了契約，特林沙再度叮嚀她，「鯨魚的事件，我需要妳好好跟我報告喔！」

「沒問題，BOSS。」

愛妮莎在其他同事期待的眼神下，坐回自己專屬的位置。

「雅晴跟羽田呢？」特林沙問其他人。

「小晴在醫院，小田在照顧她。」多恩解釋說。

Pink 伸了伸懶腰，「今天累死我了。」

「那等明天大家都來了，再開始寫報告吧。」

特林沙命令道，所有人也一起回應她：

「是。」

※

楊雅晴在醫生確認身體無礙後，在隔天出院，並回到調查中心。

同樣的會議室裡，大家終於能靜下來梳理案情。

「開始記錄吧！」

特林沙一聲令下，楊雅晴打開了筆電。

「首先，愛妮莎被綁架是那個『陳子泉』做的？」多恩問。

回答她的是特林沙：

「那個人不是陳子泉。他叫做李大衛，因為小時候被養母抱走，改名後沒有到戶政事務所記錄，所以地府沒辦法找到他。」

Pink 看著愛妮莎，「所以妳會不見，是因為李大衛附身到陳子泉身上，讀取記憶後跟蹤小晴，然後發現妳會電腦，要妳幫忙設計那個遊戲？」

愛妮莎吃著東西點頭，「對啊！不過要我配合的是混沌，而且遊戲已經銷毀嘍！」

她回答時噴出了一點餅乾屑，Pink 趕緊多抽幾張衛生紙給她。

「李大衛後來怎麼了？」多恩當時沒有跟去，並不知道意識空間的事情，因此問道。

「為了保護那個遊戲，他自殺後跑到意識的空間，然後中了我要毀掉主機的箭，最後被鯨魚吸收了。」林羽田回答。

「他為什麼要愛妮莎幫他設計遊戲？」楊雅晴問。

愛妮莎回答：「因為他感受不到痛苦，所以想看到別人的痛苦，才會製作那個遊戲。」

李大衛只是因為單純的惡意而已。

楊雅晴又問：「所以妳真的幫他完成了遊戲嗎？」

這是助紂為虐啊！

「雖然遊戲是我做的，但腳本是他想的喔，而且我還製造幻境，留住那些還想活下去的人。」

愛妮莎理所當然地說。

「所以他希望鯨魚死掉？」Pink問。

「不是，他不知道鯨魚的事情，是混沌要我做這件事的。」愛妮莎繼續解釋：「那時候，祂跟我『共享』了一些事情。祂要我配合李大衛製作遊戲，而我的遊戲可以連結現實裡的鬼魂跟意識世界中的鯨魚，所以當自殺者的靈魂來到鯨魚身邊，鯨魚會因為靈魂而加速死亡，而死亡的鯨魚又會毀掉那些黑暗的靈魂，是一種互相幫忙的方式。」

「混沌？」楊雅晴不懂，怎麼又多了一個名詞？

「混沌是神祕不可控制的力量，是舊神時代的精神意識產物。」多恩講完，感覺自己也講得很模糊，又搖搖頭，「就是有個更古老的神叫混沌啦！」

楊雅晴默默打字，並且忽略調查檔案跟奇幻小說一樣的發現。

愛妮莎理所當然地繼續說：「混沌不能干涉人界，但祂想快點幫鯨魚結束死亡的過程，順便淨化靈魂，所以只能由我出手嘍！況且，讓追求死亡的黑暗靈魂消失，想活著的靈魂自然會繼續存在於人界，不是挺好的嗎？」

「所以妳被綁架後，就知道混沌的計畫？」林羽田問。

愛妮莎點點頭，「對啊！被綁架後，我跟祂交流過就決定執行這個計畫了。」

她會同意設計遊戲，根本不是因為李大衛，只是沒有講明而已。

「你們到底以為我要幹嘛？」愛妮莎嘟著嘴，喝一口巧克力，「你們拖著老鯨魚不讓祂死，祂也未必真的快樂啊！」

況且在混沌給自己的記憶中，其實是鯨魚對混沌提出輪迴計畫的。

此時，楊雅晴問：「那我玩的遊戲是？」

「喔！我剛被綁架的時候，曾想找人傳話。那時我還沒有接觸到混沌，所以隨便抓個規則類的怪談遊戲，製造成幻境，把妳的部分意識留在那個遊戲裡。但是，後來我暫時不想回去了，所以才讓小晴跟其他人說不要來找我。」愛妮莎聳聳肩。

楊雅晴還是不懂，又問：「萬一有人後悔卻死了呢？」

「我認真想過，如果死了不後悔，就是求仁得仁；如果死了後悔，就要為自己的選擇負責！」

愛妮莎對死亡這般豁達的態度，楊雅晴還是不太能接受，但還是紀錄下這些內容。

愛妮莎看她似乎還在思考，忍不住勸道：

「其實那隻鯨魚本來就要面臨死亡了，是祂願意用自己帶走那些黑暗靈魂。善良的靈魂會留下，人界會迎來新生，小晴，妳不能總是用『死亡就是不好』的角度看待事情啊！」

這是必經的循環，逃避或延續老鯨魚，甚至是那些自殺者的生命，未必是一件好事。

愛妮莎提醒，「我記得我在網路上看過，殺生為護生，斬業不斬人，懂嗎？」

楊雅晴皺起眉，誠實地說：「我還是……再回去想一下好了。」短時間內，她還不能接受這樣的理論。

「那孟露嫻跟其他直播主呢？」多恩問。

「直播主是李大衛主持的遊戲，因為他不太會操控網路，所以效果沒有這麼明顯。而孟露嫻是想直播玩自殺遊戲，挑戰禁忌吧！結果反而被遊戲選上。」林羽田說。

「那孟露嫻吃的糖果真的是毒品嗎？」Pink翻著孟露嫻的日記本，上面有她開始玩遊戲的所有過程。

多恩說：「那真的是普通的糖果。我猜，李大衛可能是故意讓大人以為那是毒品，但只要經過化驗，就會發現是普通糖果，之後大人就會罵那些孩子，甚至懷疑他們是故意騙人的，以此來離間大人跟孩子的距離，製造衝突。」

Pink又問：「那手抖的症狀呢？」

「熬夜導致的。那個遊戲要凌晨四點起來接任務，故意打亂生理時鐘會削弱玩家的意識，導致無法判斷，更好操弄玩家。」多恩說。

「說到那些靈魂，他們還有辦法回到地府嗎？」楊雅晴提問。

「應該不行了，這要請BOSS走一趟。BOSS會把我們的調查報告送去地府，鬼差們會把名單重整過。」多恩說。

「所以不會再地震了？」還待在調查中心的白菱綺，這時才開口問出第一個問題。

愛妮莎點點頭，「地震是鯨魚痛苦引發的地鳴，只要人們的精神沒有到達某種緊繃狀態，就不會引起環境的崩壞。所以經過這一次輪替後，下次可能要幾十年後。」

「那就好。」白菱綺放心了。

聽到「輪替」這個詞，林羽田突然想到哥哥說過的話。

『八災會輪流在一個輪迴內發生，一旦全部發生完，世界就會毀滅，之後重新開始。』

她哥不會就是來見證鯨魚的死亡吧？

這時，**Pink** 也看著林羽田，「妳哥要調查的事應該也解決了吧？」

畢竟直播主跟孟露嫻的案子都已經知道真相了。

林羽田點頭，「解決了，我哥會回去報告。」

「那會議就到這邊吧！愛妮莎，等等我們去警局一趟。」特林沙吩咐完，走到會議室門口時對等候在外的林羽炎開口：「林先生，我有件事情要請你跑一趟。」

特林沙和林羽炎到一旁討論事情，林羽田則想起哥哥鼓勵她的話。

雖然跟這次的案件好像沒有關係，但那番話讓她有了勇氣，想對楊雅晴說出自己的真心話。

林羽田跟楊雅晴來到調查中心門口，送白菱綺離開。

走在前面的白菱綺轉過身，看著並肩站著的兩人說：「我聽說人類變心只需要一兩年，其實很快。」

這點時間，她還等得起。

林羽田望了一眼楊雅晴，「我的心不會變了，妳找別人吧。」

然而，楊雅晴好奇的卻是，「白小姐，妳到底是什麼人？」

她的氣質不像人類，但又說不出是什麼人，而且她對特林沙的態度不像林羽炎那麼恭敬，卻也不到放肆的程度。

白菱綺彎起嘴角，「原來妳真的不知道啊？」她突然大笑出聲，「妳不知道，還敢跟我搶林羽田，真有種！」

楊雅晴還是一頭霧水。

她還想開口，卻發現風雨突然越來越大，而白菱綺沒有撐傘就走進雨中。

雨勢大到完全吞沒她，她穿著白色洋裝的身影在雨中變得模糊，最後甚至拉長，變成某種銀白的光點。

楊雅晴只是用手擋了一下，避免淋到雨，再抬頭時，就快看不到那些光點了。光點在雨中如同蛇，或者說是龍形，蜿蜒扭動並快速消失在雨幕中。

天空瞬間放晴了。

楊雅晴驚訝地看著林羽田，「白小姐她、她、她是……」

林羽田隱晦地說：「神話裡的龍族都是乘著風雨而來。」

楊雅晴想到白菱綺在調查中心時，外面總是在下雨，「那她來是因為地震？」

「她掌管的是臺灣的海域，所以才需要找調查中心了解地震的原因。」

因為龍是神獸，所以當時特林沙被「規則」隱藏時，白菱綺說破這件事，所以也被「規則」

消失了。

但是，楊雅晴想的卻是：那我之前是跟一條龍當情敵嘍？

※

虛明道場內——

這個廢棄的地方到處充滿垃圾、落葉，走道盡頭有一個陰暗的小房間，裡面有一臺沒有電的筆電開著。

陳子泉……或者說李大衛正站在椅子上。

他的身影有點透明。

鯨魚爆炸時，他還來不及被消化，因此爆炸後他的靈魂還留在這間道場。

「咦，我要做什麼？」

他看著自己雙手握著的繩圈，還沒意識到自己要做什麼時，已經將頭伸進繩圈中。

繩子受到重力拉扯，勒住喉嚨，肺部吸不到空氣，心臟拚命跳動卻沒有氧氣進入。他的身體拚命掙扎，手抓撓著脖子上的繩子，甚至脖子都摳出血了，卻半點用處都沒有。

死亡正降臨於這具身體，用痛楚充滿他的感官。

——好痛！我不要，我要逃！

他更用力地想抓住繩子，卻沒辦法掙脫這個繩圈。

當時，他只想阻止那兩人毀掉遊戲，急著進入遊戲，最直接的辦法就是透過筆電中的遊戲自殺。但李大衛忘記自己附身在陳子泉身上，而陳子泉並沒有基因缺陷，所以自殺時，他會感受到痛苦。

一切都來不及了！

死亡的過程讓人發狂，他必須承受痛苦，甚至讓這種痛苦銘刻到靈魂裡。

「我不要這樣，好難受！」他甚至嚎啕大哭起來，就像個小嬰兒，希望用哭泣的方式制止痛苦蔓延。

他腳下的椅子已經歪斜，踮著腳尖也只能得到一點微小的支撐。

「這是你活該！」

這時，一個人走來，穿著白襪並踩著皮鞋，一副女學生的打扮。

孟露嫻的靈魂躲在旁邊看了很久，從控制電腦的小女孩跟那些人戰鬥開始，她就一直躲在旁邊看，直到發現眼前的男人在保護遊戲的主機。

「妳是……那個……孟……」李大衛一手扯著脖子上的繩子，另一手直伸向她，想要求救。

「都是你做出那個爛遊戲！」孟露嫻一腳踹掉李大衛的椅子。

「呃喔！」

李大衛想說話，但是他的身體因為椅子被踹走，直線往下墜落，導致繩圈勒得更緊。

他雙腳踢動，想要踩到椅子，但窒息跟死亡正在降臨。

孟露嫻報復了遊戲製作者——她剛得意沒幾分鐘，周圍的空氣湧動起來，一個黑影竄出來，大口吞下孟露嫻的靈魂。

是那條小鯨魚，祂正在捕食新的靈魂。

看到周圍除了李大衛，沒有其他鬼魂後，小鯨魚從 Pink 的通道離開這個空間，消失在空中。

李大衛死亡後，他以為自己逃過了一劫。

但他從身體分離出來，之後發現整個空間一陣模糊，他又被吸進身體裡，一切快速變回原樣。

他依然身在道場的房間裡，面前是沒電的筆電。他從螢幕上看到自己的五官不受控地扭動，強迫自己擺出驚訝的樣子，然後彎身扣住沒有任何畫面的筆電。

那個姿勢是他當時著急的樣子。

「不，我要離開這裡，我不要在這裡！」

他的身體卻不受控制地自己站起，轉身去旁邊拿出一綑繩子。

他隱約知道自己要做什麼。

「不要，不要再一次，那樣很難受！真的很難受啊！」

但身體依舊熟練地拿了繩子，將繩圈打好，之後掛到橫梁上，動作有力迅速。

「不，我不要，停下來！」

他的身體踩上椅子，將頭套入繩圈。

「不、不、不、不！呃……咳……來人……拜託！」

他的喉嚨被繩子緊緊勒住，他的腳踢掉椅子，椅子落地時發出喀的一聲！

李大衛再度被繩圈勒到喘不過氣，同樣的痛苦灌進身體裡。

他從沒有面對痛苦的經驗，只能不停掙扎，最後再次體驗了失去生命的感受。他的身體甚至失禁，臭味跟痛苦鑽入他的鼻子，直衝大腦。

最後是一片黑暗。

當他以為自己可以進入死亡，可以脫離那個痛苦時，他又站起來了。

「不！為什麼又來一次，我已經死了！」

他崩潰地搖頭，但身體堅持重複一樣的動作。

同樣看著電腦，然後拿繩子上吊，感受痛苦把自己勒死，然後再來一次。

一遍又一遍，不斷重複。

這時，林羽炎受到特林沙的委託，來到道場。

打開道場的房門後，他走到房間中央，看著筆電漆黑的螢幕。

就在他耳邊幾公分的距離，有一雙腳驚慌地踢蹬，幾分鐘後無力地垂下。

他身邊跟著穿黑白襯衫的兩個男人，其中一人拿出一本簿子，抬頭對樑上的靈魂道：

「李大衛，天生畸病，庚子年亡……」

另一位則拿起一個令印，準備拍向李大衛。

「且慢，兩位大人。」林羽炎打斷了對方的招魂。

黑衣男不解地問：「林先生？」

「按理來說，他前幾年就該去地府了，對吧？」

「是沒錯。」

「可是李大衛被抱走改名，導致來抓人的鬼差找不到人，肯定很難交差吧？」

白衣男皺起眉，遲疑了一會後問：「……林先生的意思是？」

林羽炎：「我家妹妹的上司是……你們懂的。乾脆把這個人交給我吧，我讓我妹妹跟她上司說這件事情處理好了，兩位大人也不用這麼辛苦。」

兩個男人相視，交流意見後點頭，其中一人在本子上用筆一劃。

李大衛這個名字從本子上消失了。

林羽炎目送兩人離開後，轉頭看著那雙腳，繞著那雙腳走了一圈，又回到門口。

「聽說，自殺者都要不停重複自殺，直到陽壽已盡。」

李大衛還在繼續動作，表情充滿了絕望。

林羽炎看著他，冷笑地說：「但生死簿上沒有陽壽，這樣的輪迴……可能會重複到永遠喔！」

「不！求求你……」

李大衛嘴上求饒，但身體還是繼續動作。

李大衛仍不停重複著死亡前的恐懼跟痛苦，而且沒有任何可以盼望的事情。

民間有個傳說，就是自殺者會不斷重複生前自殺的行為，直到陽壽結束，被鬼差接走。

林羽炎梳起額前的髮，「最近真的好忙啊！幸好自殺遊戲結束了，人一忙起來，真的很容易忘記事情。」

雖然這件事情是特林沙吩咐的，但林羽炎並不打算將這件事告訴林羽田。

「不！帶我走！我不要繼續……呃！」

李大衛再次體驗到無法呼吸的死亡。

「研究如何使人自殺，這樣的惡意不好喔！」

林羽炎關上道場的門。

關上李大衛消除痛苦的可能，將他跟絕望徹底鎖在同一個空間。

※

清醒後，楊雅晴很清楚自己是能力不足，但是小鯨魚的出現也提醒她自己正在成長。

或許有一天，她也有能力能跟林羽田比肩而行，只要她不放棄，繼續修練。

當然，這樣的心情不會記錄在調查報告裡，這是屬於她內心的紀錄。

楊雅晴在報告上打出最後一個句號後，按下了存檔。

列印調查報告、封存到檔案夾裡後，她看著空白的標題，想著要寫什麼。

「怎麼了？」林羽田靠過來問。

楊雅晴拿著空白的標題貼紙苦惱，「我覺得，這次的事件讓我了解到長大的過程中，一定會思考到死亡的課題，能讓自己繼續活著的人很厲害，但是……這樣標題要怎麼寫呢？」

林羽田想了想，「這次用這個字吧？」

楊雅晴看到她寫下「殤」字。

「未成年時夭折會稱為『殤』。死亡是必經的風雨，那些無法跨越的人會成為殤，但他們也會刺激每個人對死亡的思考跟重視，尤其……」

「尤其什麼？」

「尤其是失去跟未來。」林羽田想了一下，下定決心，「經過這些事件，我發現我太自大了，還想要訓練妳，但是BOSS的話提醒了我——妳就是妳！我應該尊重妳本來的面貌，不該想要改變妳，還有對不起，我沒想到妳在調查中心會有壓力，還有……」

「還有？」楊雅晴驚訝地想，林羽田，妳真的對我寄予厚望耶！

林羽田態度認真起來，語氣有點結巴地說：「還有我喜、喜歡妳，楊雅晴，妳……妳願意跟我交往嗎？」

林羽田希望兩人的關係更進一步。

經歷完這些事情，她發現自己再也掩藏不住那份喜歡。雖然還是會擔憂家族不認可，但若因此不再往前，又失去楊雅晴，她寧願現在就冒險一次，如果家族成員有意見，她也會面對。況且她有哥哥的祝福，或許這份感情，是可以攤在陽光之下的。

「謝謝妳對我……什麼？」

楊雅晴講到一半頓住。

——林羽田說了什麼？

「謝謝是什麼意思？」林羽田緊張地確認。

我是被拒絕了嗎，還是？

「妳、妳剛剛說……想交往？是指我們嗎？」楊雅晴紅著臉確認。

林羽田也紅著臉，「對！」她靠近楊雅晴，「妳、妳到底要問幾次！」

楊雅晴看到林羽田那張漂亮冷漠的美人面孔，此時因為剛剛的告白臉色泛紅。

而且，她居然說喜歡自己！

完全理解這句話的意思後，她的腦袋一片空白又高興得不得了。在腦袋開始轉動前，她就聽到了自己的聲音。

「好。」

我真的答應了！

「妳真的答應了？」林羽田開心地說：「不准後悔喔！」

楊雅晴看著林羽田瞬間開心的臉，忍不住捏了一下自己，有痛覺！所以……

「這不是作夢？」

林羽田看著她的傻樣，直接抓起她的手啃了一口。

「嘶！林羽田，很痛耶！」楊雅晴看著她，「妳是人類對吧？」

不會有什麼狗妖的血統吧？我可不玩犬夜叉那套喔！

「幫妳確認啊！還是……妳想要我咬其他地方，我也能配合。」林羽田靠近楊雅晴耳邊說。

楊雅晴的雙眼越瞪越大，看著林羽田近在眼前的臉，害羞地低下頭。

「那、那個我們回去再說吧？」

真是的，那個壓抑冷漠的林羽田跑去哪裡了？

「……啊！我打擾到妳們了嗎？」多恩拿著馬克杯，看著兩人。

「沒、沒有，我們要回去了！」楊雅晴起身開始收拾。

林羽田則恢復成冷淡的樣子，「對，我們要回去了。」

不知道是不是錯覺，楊雅晴總覺得「我們」這兩字的咬字好像特別重。她慌亂地把文件堆一堆，然後塞到櫃子裡。

兩人在多恩一臉「吃到糖」的表情下慌亂離開。

一起走回租屋處的時候，楊雅晴看著自己跟林羽田牽著的手。手上被咬過的地方還殘留著牙齒咬到的觸感，她瞬間覺得整張臉都熱了起來。

「妳之前說……從幼稚園時就喜歡我了？」楊雅晴忍不住又確認一次。

「真的，而且妳那時候說過……」

「說過什麼？」

林羽田也臉紅了，「妳說要當我的新娘。」

林羽田與白菱綺是在國外訓練時認識的，當時面對白菱綺的要求，她直接告訴她自己已經有了未婚妻。

那就是楊雅晴。

楊雅晴想起幼稚園時說的玩笑話，忍不住說：「我們那時候……只是小孩子的玩笑話吧。」

林羽田停下腳步，十分認真地看著她：

「現在，此時此刻，應該說經歷過那些事情之後，我還是希望妳是我的新娘。」

楊雅晴不禁紅了臉。

不過既然談到幼稚園的事情，楊雅晴想到自己曾看到林羽田傷痕累累的背，又想起小時候改名的事情，因此問：「所以，妳的背是因為我才變成那樣的，對吧？因為妳擅自幫我改名，為了我破壞規則，才會受傷？」

林羽田沒想到她會問起這件事，下意識地握緊拳。

她想到背上的疤痕，有些緊張，但她的手被楊雅晴一把牽住。

楊雅晴無比認真地催促道：「羽田，回答我。」

林羽田看著認真的楊雅晴，終於承認這件事。

「對，但不是改了名，妳就會變成凡人。雅晴，淨眼是妳天生的能力，其實我當時幫妳改名，反而是要抑制妳的能力。」

林羽田知道，楊雅晴很介意自己的能力不夠強。

「當年，我聽到妳的人生會受到驚嚇，所以拜託我哥幫妳換一個名字。但我後來發現如果妳沒有改名，可能早就擁有強大的力量了，所以……對不起！」

她抱住楊雅晴。

楊雅晴也回抱住她，有些緊張地說：「可是我的能力還是不夠強。」

白菱綺的批評還是讓她很介意。

「妳的能力很強啊！」林羽田看著楊雅晴，「當初改名的封印越來越弱了，所以妳淨眼的能力也越來越強。我聽BOSS說，妳在喪禮上看到陳子泉的照片旁邊有黑影，這表示妳已經能察覺到惡意了。而且……」

林羽田脫下外套，示意楊雅晴看她的背。

楊雅晴稍微拉開林羽田的上衣領口，看到她背上的疤痕淡了很多。

「封印減弱，這些傷痕也會消退。」林羽田解釋。

楊雅晴說：「羽田，我很喜歡妳，但我不懂妳為什麼不告訴我過去妳幫我改名的事？」

林羽田忽然轉頭看向別處，「那些事情都過去了，況且……」她小聲地說：「我不要妳為了這件事情，勉強自己接受我。」

每當楊雅晴越想問清楚過去的事情，林羽田心裡就越抗拒害怕，害怕自己熱烈執著的感情會被看成一種困擾。

楊雅晴看著她有些賭氣的樣子，牽起林羽田的手，走近她。

「一點也不勉強，因為我真的、真的、真的很喜歡妳喔！」

她喜歡這個人的認真跟美好。

喜歡她們相處的時光。

甚至感謝讓兩人從小認識的緣分，她才能遇到林羽田。

林羽田雙頰發紅，連耳朵都泛紅。

看著眼前的人如此認真的模樣，多年的暗戀變成了真實，一種美好到想尖叫的快樂讓她必須咬緊嘴唇壓抑自己，才不至於在街上尖叫。

看到這樣的林羽田，楊雅晴忍不住親了一下她的臉。

她發現，逗戀人是很好玩的事情。

林羽田則頓時愣住——我被親了？為什麼是臉，不是嘴！

忽然間，她拉著楊雅晴跑起來。

「咦？妳生氣了？羽田，妳慢一點，我們要去哪裡？」

「趕進度！」林羽田直接衝上樓梯。

「調查中心有新案子嗎？」楊雅晴不解。

林羽田拿出鑰匙開門，一邊說：「我們從幼稚園認識到現在，有些進度要趕一下。」

「什麼進度？」楊雅晴還沒搞清楚，就被拖進房間。

「戀愛的進度！」

林羽田關上門，臉上帶著調皮的甜笑。

※

隔天一早，楊雅晴用手機看著料理教學影片。

『今天要教大家做一夜乾。首先我們將魚這樣翻過來，再翻過去，記住重點，我們要把魚的水分壓出來，所以要用一整晚的時間徹底搾乾這條魚喔！』

楊雅晴看著影片裡的那條魚被人翻過來翻過去，她明明是個人類，卻看出了同類的共情。

——因為她昨晚就是這樣被徹底榨乾的！

廁所傳來開門的聲音，她以萎靡的神色看過去。

一臉清爽的林羽田對她甜笑，「怎麼了嗎？親愛的。」

她的笑容燦爛到外面的太陽都沒她晴朗。

暗藏在心裡多年的感情終於得到了回應，讓她全身都發著光，特別引人注意。

楊雅晴深吸一口氣，「我昨天差點被妳玩死。」

明明兩人都是人類，為什麼她會覺得自己像一條魚被榨乾了，林羽田卻精神飽滿得像妖精剛補完精力？

她真的是人類沒錯吧？

林羽田走到她旁邊，抱著氣嘟嘟的女友，「我怎麼捨得玩妳？我要長長久久地跟妳在一起啊，我的女朋友。」

況且，她還救過自己的命呢！

楊雅晴不爭氣地馬上被哄好，「妳也是我女友啊！」

林羽田抱著她在耳邊，輕聲說：「是啊！」

楊雅晴紅著臉，吻了林羽田。

番外篇　改名

林羽田曾在夢境裡看到的建築物就在眼前。

那並不是什麼可怕危險的建築，而是一所幼稚園。

一臺車停在幼稚園前，四歲左右的林羽田透過車窗看著周圍的景色，一旁的哥哥拿著羅盤，吹了聲口哨。

她板著小臉問：「哥，你算到什麼？」

少年模樣的林羽炎看著自家妹妹，露出調皮故意的笑容說：「妳猜。」

那就是不能講了。林羽田沒多遲疑，打開車門下車，自己拿著裝著證件的紙袋走到門口。

老師蹲下來溫柔地迎接她，眼神卻在她的背後搜尋。

「羽田，妳的家長呢？」老師疑惑地問。

林羽田把手上的紙袋交給老師：「學費媽媽已經轉入帳了，她說剩下的事我可以自己處理。」

她拉著老師的手，「我們進去吧。」

這就是林羽田的開學日。

她來到班上，大部分的人都很不安，甚至隨時都會哭出來，明明他們的家長都在教室外。

沒有哭的人只有林羽田，她不僅表情成熟，甚至能拿出作業本自己寫。

但正因為她低著頭的關係，旁邊的小男生一邊哭一邊甩手，意外往林羽田的頭頂敲下去。

啪！

林羽田吃痛地抬頭瞪著那個男生，一旁卻有人握住她的手，輕拍著她的頭頂說：

「呼呼，不痛喔。」

楊雅靜稚嫩的小臉上眼眶也微微發紅，但是看到林羽田被打到，還是下意識地伸手拍拍她，安慰同學。

——妳這樣摸更痛！

林羽田僵著臉不講話。

雖然楊雅靜按到自己的傷處很痛，但她的善意莫名讓林羽田不再煩躁。

只是一點認識的契機，兩人自然親近了起來。甚至在玩扮家家酒時，她們還說好要當彼此的新娘。

兩人在班上是公認的好朋友，林羽田更敞開心房，主動告訴楊雅靜自己家庭的狀況，「我的家人都很厲害，可以驅除邪惡的東西。」

其他小朋友聽到，問：「所以妳是超級英雄嗎？」

天真的童言童語，在教室中引來其他的小朋友注意。

林羽田不知道要怎麼回答，直到其他人又被玩具跟遊戲吸引，她對於自己不能馬上肯定地點頭感到焦慮。

楊雅靜靠過來，握著她的手說：「沒關係，我媽媽說，錢要用在刀口上，超能力不是拿來表演的。」

林羽田看著她，小聲說：「不是，我……」

我還不會什麼超能力。

她看著楊雅靜對她信任的樣子，想到所有同學裡，只有她明明什麼都不懂，但還是開口維護她。

她突然覺得什麼都不用解釋也行，心裡釋然了。

直到幾天後，有一股黑氣想鑽進幼兒園，卻不能順利地從門口進去，因此黑氣鑽入校門旁的大樹。

樹葉一瞬間枯黃，並且落入幼兒園的遊樂區，幾個男生在樹葉上踢鬧，其中一片葉子就這樣黏在男生的衣服上。

之後上課的鐘聲傳來，男生走進教室。經過某個櫃子時，他順手把櫃子上的東西拿走，並走到窗邊把那個東西丟出去。

涼風徐徐吹進教室，一個寧靜的下午，老師正在上課，所有孩子都在座位上。

但涼風突然變成狂風，吹進了教室。

林羽田感到很不妙，因為風中隱約混雜的腥臭氣息，她曾經在哥哥和父母周身聞過。

一股強大的壓力讓她下意識地看向櫃子，但是櫃子上父母加持過的玩具不在了，她頓時感到害怕。

媽媽說這個玩具有加持過，所以玩具消失了，是不是代表有危險靠近？

這時，面對著黑板布置教具的老師突然停下動作，然後轉身，表情陰沉地抽出旁木尺教具，接著高高舉起——狠狠砸在講臺！

「啊——！」許多孩子因為害怕尖叫起來，教室內吵雜一片。

但是從幼稚園外面看來，這間教室裡依然安靜，甚至安靜到有些過頭。

某種力量控制了這個教室，讓外面的人無法發現這間教室安靜到古怪。

老師握著斷成兩半的木尺，許多孩子的尖叫聲讓她露出詭異的笑容。

「就是這樣……痛苦、恐懼，這才是你們要面對的人生！」老師用奇特的聲音說。

她臉上帶著詭異的笑容，跟平常的模樣完全不同。

她往那群孩子走去，孩子們都害怕地躲到最角落。

林羽田也是第一次面對這種狀況，儘管她沒有哭喊，但手也在顫抖，且內心慌亂。

楊雅靜在人群中拉著她。楊雅靜雖然害怕，但總緊緊拉著林羽田。

其中一個孩子指著林羽田，「妳不是會超能力嗎?快點把老師變回來!」

老師也不在乎那群孩子，她伸手翻看桌面，找到點名簿後，看過一個一個名字，最後終於找到想找的名字。

「林、羽、田，過來！」她陰沉地喊著林羽田的名字。

林羽田沒有出列，其他孩子卻將她推出去。

儘管年紀尚小，但那群孩子都能感受到眼前的老師很可怕，他們甚至害怕看向老師的臉，更合力把林羽田推出去，覺得她「應該」能處理。

楊雅靜不想這麼做，但她抵擋不住其他孩子的力氣，只好跟林羽田一起站出去。

林羽田看著眼前的老師，心裡非常害怕。

那不是一般鬼魂能散發出來的能量，如果是長大後的林羽田，這種小魔她根本不在意，但當時的她還很弱小。

或者說，那是她第一次面對這種事情，恐懼讓她渾身僵硬。

老師一步一步走到林羽田面前。

她歪著頭、墊著腳，從教室講臺走到座位，一路上用手上的木尺敲打經過的桌椅，發出的每一個聲響都讓林羽田嚇得顫一下。

「快點用超能力把老師變回來啊！」人群裡有人對她喊。

——我根本就不會超能力啊！

老師走到她面前時，林羽田動作僵硬地從口袋拿出平安符，貼到老師身上。

老師看著自己身上的符發出冷笑，之後用手捏起那張符咒。

手指傳出像油煎的聲音，但她沒有露出痛苦的表情，甚至嘲笑地看著林羽田，然後她手上冒出火焰，將平安符燒成了灰燼。

老師依舊是那副詭異的模樣。

林羽田不知道該怎麼辦，她好害怕眼前的人，而老師伸手掐住她的脖子。

「我花了多少錢跟時間布局，卻被你們林家毀了！那我就殺了你們最在乎的……啊！」

她突然尖叫出聲，因為有人死命咬住她的手。

楊雅靜看到好友被人傷害，情急之下張口咬了老師的手。

「該死的小鬼！」老師痛到鬆開手。

林羽田跌到地上猛力嗆咳，但楊雅靜被她扯住頭髮，狠狠拖到角落打罵。

「妳很厲害啊，竟然咬我！」老師踢打著地上的孩子。

楊雅靜也不服輸地要咬人，一時間居然僵持不下，直到老師用木尺打在楊雅靜身上，一下比一下還狠。

「妳再咬，咬啊！」老師一邊罵，一邊用木尺揮打這個孩子。

林羽田看到楊雅靜被打，心底湧上比害怕還激動的情緒。

——不可以讓楊雅靜受傷！

她終於順利想起驅魔的咒語，馬上對老師念咒並加上手印，成功地將黑霧驅趕出老師體內！

她甚至能憑著一股怒氣，喚出火焰，將黑霧燒掉。

就如同老師燒毀那張符咒。

老師失去意識時，林羽田想要去找楊雅靜，但才踏出一步就軟倒在地，暈了過去。

所有詭異的事情都安靜下來。

安靜似乎代表著安全，一個孩子哭出來也沒有人斥責，其中比較膽大的孩子打開教室門。

教室門打開的剎那，震天的哭喊聲引來其他教室的老師。

幼稚園不知道該怎麼對家長交代。

那個年代監視器還不普及，而老師斷裂的木尺、楊雅靜身上的傷還有昏迷的林羽田，加上因恐懼而大哭的孩子們，這件事情根本壓不下來。

園長戰戰兢兢地打給林家，對方冷靜地教老師該如何處理，甚至承諾了後續的賠償，還幫忙報警、安撫其他家長。

唯獨楊雅靜，她身上的傷嚴重到需要送醫。

林羽田小小的身影坐在醫院裡，等林羽炎過來時，她跳下椅子，抓著哥哥問：「哥，她會沒事，對嗎？」

林羽炎看著自己的妹妹，「小田，這到底是怎麼回事？」

「老師要掐我，她就咬了老師，然後老師打了她。」林羽田悶悶地說：「哥，她救了我。」

林羽炎看著她，「所以妳覺醒了。」

他們林家每個人都有驅邪的能力，都是在林羽田這個年紀覺醒的。

但妹妹的覺醒卻不是因為邪惡的魔物，而是想要保護她的同學。

林羽炎當時並不覺得這是壞事，只是為了補償楊雅靜，他為楊雅靜卜了一掛。

「親緣淺薄，命中驚嚇頗多。」林羽炎嘆息地說。

他覺醒的技能是占卜，只是活人的命運沒有這麼好推算。

林羽田看著哥哥，語氣中帶著期望，「我們可以幫她，對嗎？」

她知道哥哥很厲害，一定有辦法可以讓她的好友平安。

林羽炎不忍心看到妹妹失望，因此寫了三個字，然後摺起來讓林羽田選，「我們只能盡力。」他讓林羽田選，這樣就不算他破壞規則。

林羽田隨手選了一張，打開來看，裡面是個「晴」字。

她跟林羽炎交頭接耳了許久。

楊雅靜出院後，在她回來上課前，林羽炎在幼稚園辦了一場法事，讓其他人忘掉這件詭異的事情。之後，林羽田告訴楊雅靜希望她換名字的事情，楊雅靜也因為信任林羽田，跟媽媽吵著要換名字。

媽媽本來就為了那些醫藥費不高興，直到林家賠償醫藥費，並告訴她只要楊雅靜改了名字，很快就會有弟弟，媽媽才鬆口同意改名的事情。

雖然廟裡的事只要她同意就好，但改名還要去戶政事務所，楊媽媽不高興地辦完手續，隔天送孩子去幼稚園後，下午就聽說女兒差點被雷電擊中，因為受到驚嚇而發高燒，進了醫院。

看著女兒躺在床上的樣子，她就覺得那個叫林羽田的同學很邪門，幸好對方在她抗議前就轉學離開了，她這才稍微放下心來。

當時，林羽田沒有想到改名會引來雷擊，為了保護楊雅靜，不讓她被雷擊中，她手上的吊飾遺落了，並被隔天來幼稚園的詹倩雯撿走。

而楊雅晴痊癒後回到幼稚園，因為失去了關於林羽田的記憶，將戴著吊飾的詹倩雯誤認成自己的好友。

這個誤會直到她來調查中心，與林羽田重逢，才總算解開。

——地府犯罪調查中心系列《殤》完，全文完——

world Criminal Investigation Bureau Underwo

高寶書版集團
gobooks.com.tw

GSL008
地府犯罪調查中心 3st Case 殤（完）

作　　者　馥閒庭
繪　　者　Cola Chen
編　　輯　陳凱筠
美術編輯　林橼
排　　版　彭立瑋
企　　劃　李欣霓

發 行 人　朱凱蕾
出　　版　三日月書版股份有限公司
　　　　　Mikazuki Publishing Co., Ltd.
地　　址　臺北市內湖區洲子街 88 號 3 樓
網　　址　www.gobooks.com.tw
電　　話　(02) 27992788
電　　郵　readers@gobooks.com.tw（讀者服務部）
傳　　真　出版部　(02) 27990909　行銷部 (02) 27993088
郵政劃撥　19394552
戶　　名　英屬維京群島商高寶國際有限公司臺灣分公司
發　　行　英屬維京群島商高寶國際有限公司臺灣分公司
初版日期　2023 年 5 月

國家圖書館出版品預行編目 (CIP) 資料

地府犯罪調查中心 . 3, 殤 / 馥閒庭著 . -- 初版 . -- 臺北市：三日月書版股份有限公司出版：英屬維京群島商高寶國際有限公司台灣分公司發行 , 2023.05
　面；　公分 . --

ISBN 978-626-7152-69-0(第 3 冊：平裝)

863.57　　　　112004285

三日月書版

三日月書版

GOBOOKS & SITAK GROUP©